SENSO DI LETTURA

読解力

Questo volume si legge come in originale, con senso di lettura specchiato rispetto a quello occidentale! Niente paura, è più semplice di quanto possa sembrare, bastano poche pagine per abituarsi, ma nel dubbio segui l'esempio sottostante:

LETTURA OCCIDENTALE

LETTURA SPECCHIATA

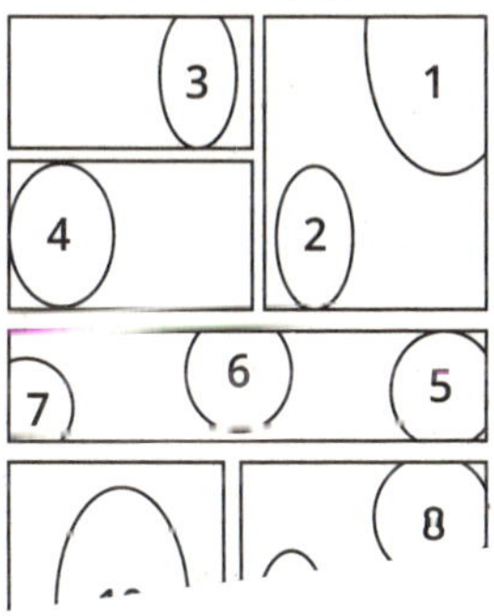

femminili È una scelta voluta o inconscia? È per lei più facile l'identificazione?
Io stessa sono una donna, mi risulta dunque più semplice comprendere e disegnare dei personaggi del mio stesso sesso.

La componente onirica è molto presente nelle sue storie. Le definirebbe di fantascienza, fantasy, fantastiche o altro?
Non ho mai prestato troppa attenzione al genere dei miei lavori, ma se proprio devo ricorrere a una definizione direi che sono *low-fantasy*. A parte i generi fantascientifico e fantasy, sono stata influenzata anche dai racconti horror presenti sul web.

Legge manga o fumetti occidentali? Ha qualche autore preferito?
Non molto, ma ultimamente ho avuto modo di leggere la versione a fumetti di "La ricerca onirica dello sconosciuto Kadath" realizzata dall'inglese I.N.J. Culbard. ■

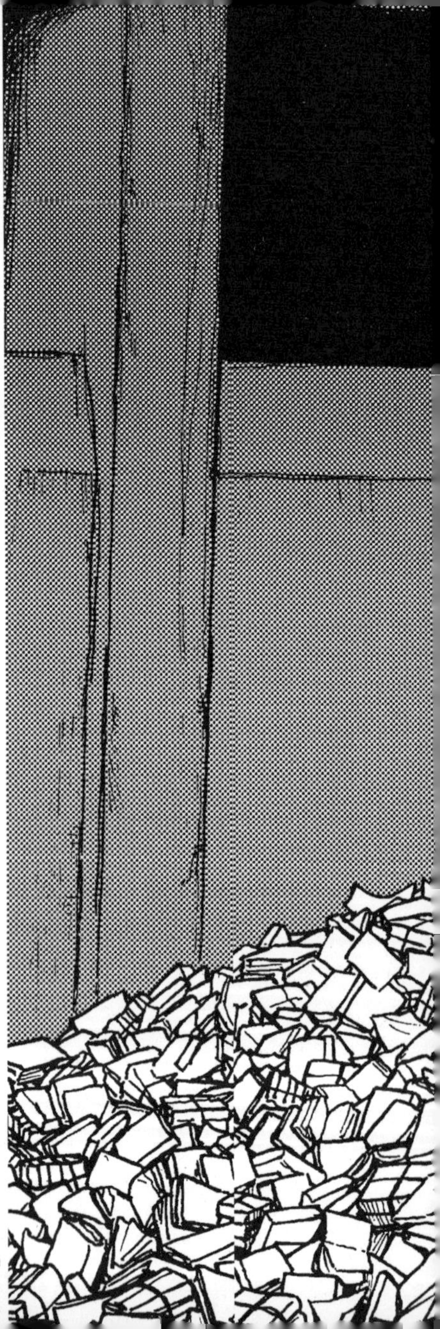

studiato architettura?
Non ho mai studiato seriamente architettura, ma mi piace molto osservare costruzioni architettoniche e paesaggi urbani, e mi capita di fare ricerche e studi in maniera autonoma.

Mostra anche una grande attenzione per i dettagli. Realizzare una tavola le richiede molto tempo?
Dipende molto dai contenuti. Di solito realizzo una pagina al giorno, ma mi è capitato anche di impiegare un'intera settimana per pagine ricche di dettagli e *splash page*.

Mi sembra a suo agio sia nel disegnare le città sia la campagna. Usa referenze fotografiche o si basa semplicemente sull'osservazione della realtà?
Utilizzo riferimenti fotografici, ma nei limiti del possibile cerco di verificare di persona i luoghi. Per le atmosfere cittadine ricorro spesso alle esperienze fatte nei luoghi in cui ho vissuto.

Tutti i suoi personaggi sono

地下図書館

I MIEI MANGA SONO **LOW-FANTASY**

INTERVISTA ALL'AUTRICE Chome

Ci parla di sé? Perché ha cominciato a disegnare manga? Quali sono i suoi progetti?
Ciao a tutti, mi chiamo Chome. Realizzo illustrazioni e manga. Adoro sin dall'infanzia leggere storie e disegnare, per cui è stato un passaggio naturale arrivare a creare manga. Diciamo che sono ancora in una fase di apprendimento per arrivare un giorno a vedere le mie opere diventare sempre più popolari.

È particolarmente abile nella realizzazione delle prospettive. Le vedute delle città dall'alto sono spettacolari. Ha forse

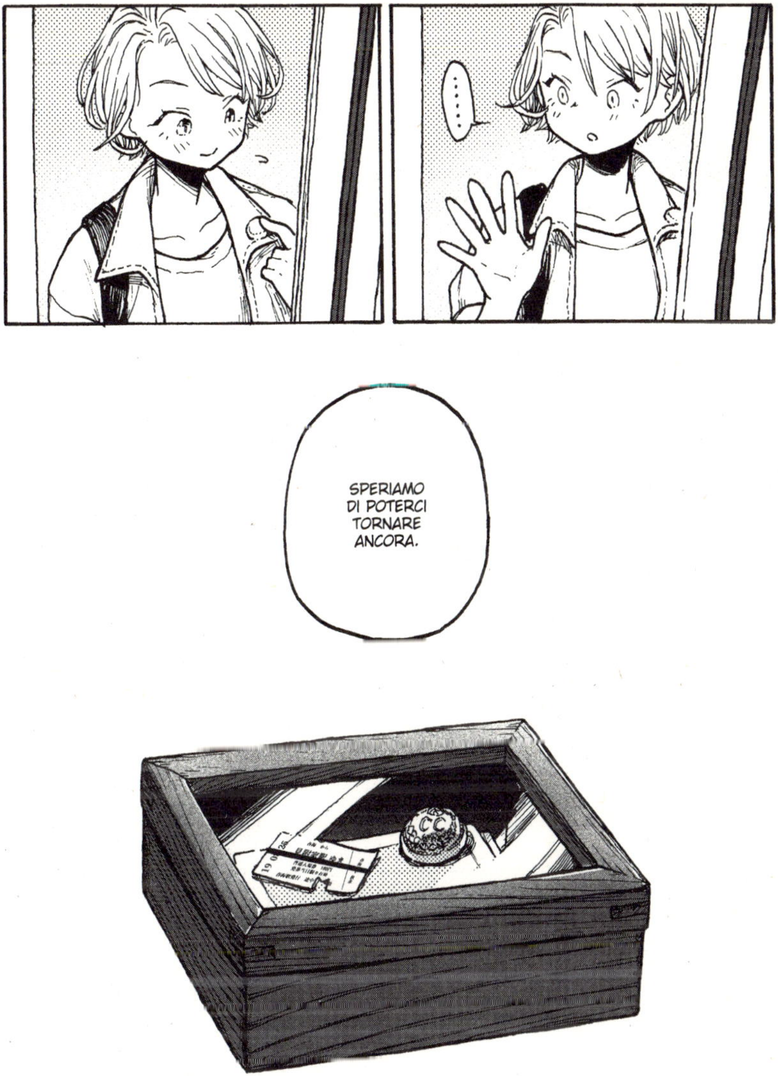

FINE

!!!
PSHUUU
SCLANG

MENO MALE, HAI FATTO GIUSTO IN TEMPO.
IL TRENO STA PER PARTIRE.
MI SCUSI ANCORA E GRAZIE DI TUTTO.
SEI VENUTA QUI PER TURISMO?
SÌ, È PROPRIO UN BEL POSTO.
MI FA PIACERE!
ガラガラ
TLACK TLACK
プルルル
CIUUU

CHISSÀ SE FARÒ DAVVERO BENE A PRENDERNE UNO?
EHI!
RAGAZZA...

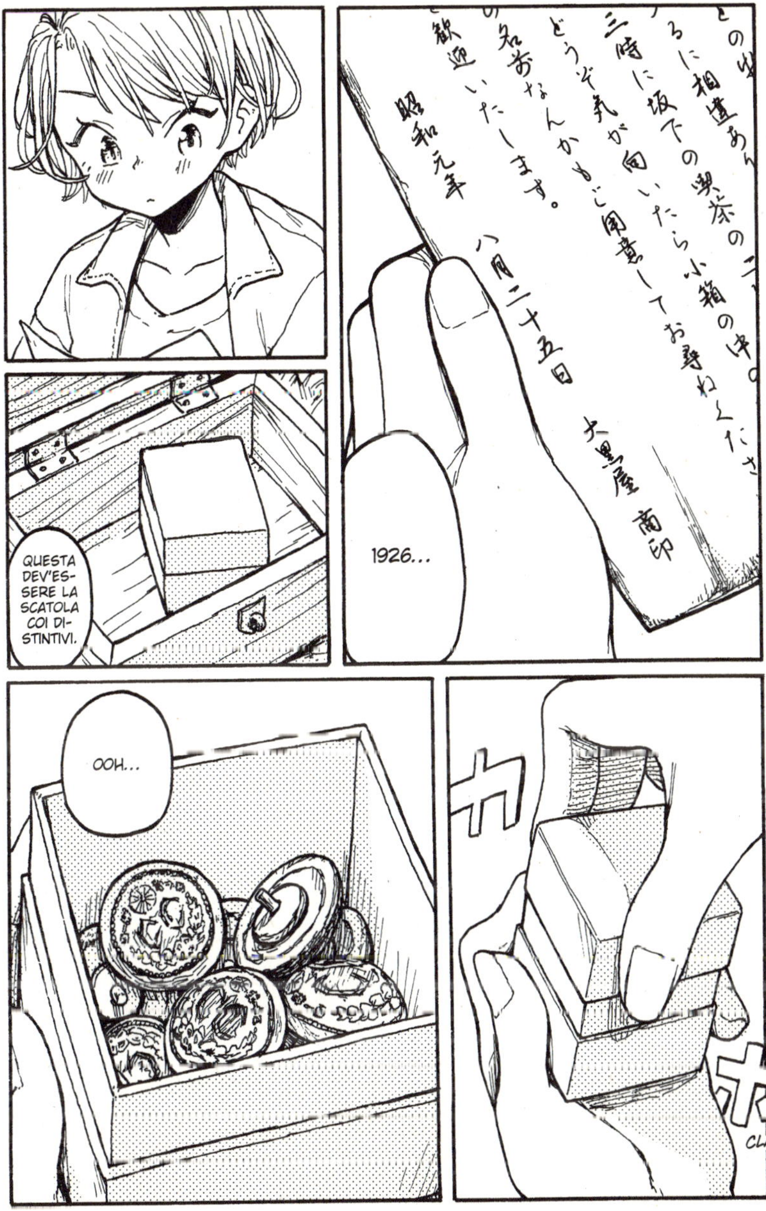
どうぞ気が向いたら小箱の中の
歓迎いたします。
昭和元年 八月二十五日
大黒屋 南印
1926...
QUESTA DEV'ESSERE LA SCATOLA COI DISTINTIVI.
CLATCH
OOH...

• VOGLIAMO COMPLIMENTARCI CON TE PER LE INTUIZIONI CHE TI HANNO PERMESSO DI ARRIVARE FIN QUI. AL CONTEMPO, PERMETTICI DI SCUSARCI PER AVER VOLUTO METTERE ALLA PROVA LE TUE CONOSCENZE. NOI CI SIAMO APPASSIONATI AI ROMANZI GIALLI CHE ADESSO SONO MOLTO DI MODA E ABBIAMO FONDATO UN CLUB IN CUI CI DIVERTIAMO A DECIFRARE CODICI SEGRETI E MISTERI. ERA NECESSARIO TESTARTI PER CAPIRE SE SEI DEGNO DI ENTRARE IN QUESTO CLUB SEGRETO. IL FATTO CHE TU ORA STIA LEGGENDO QUESTA LETTERA È LA PROVA CHE IL NOSTRO PIANO ERA GIUSTO. ▼

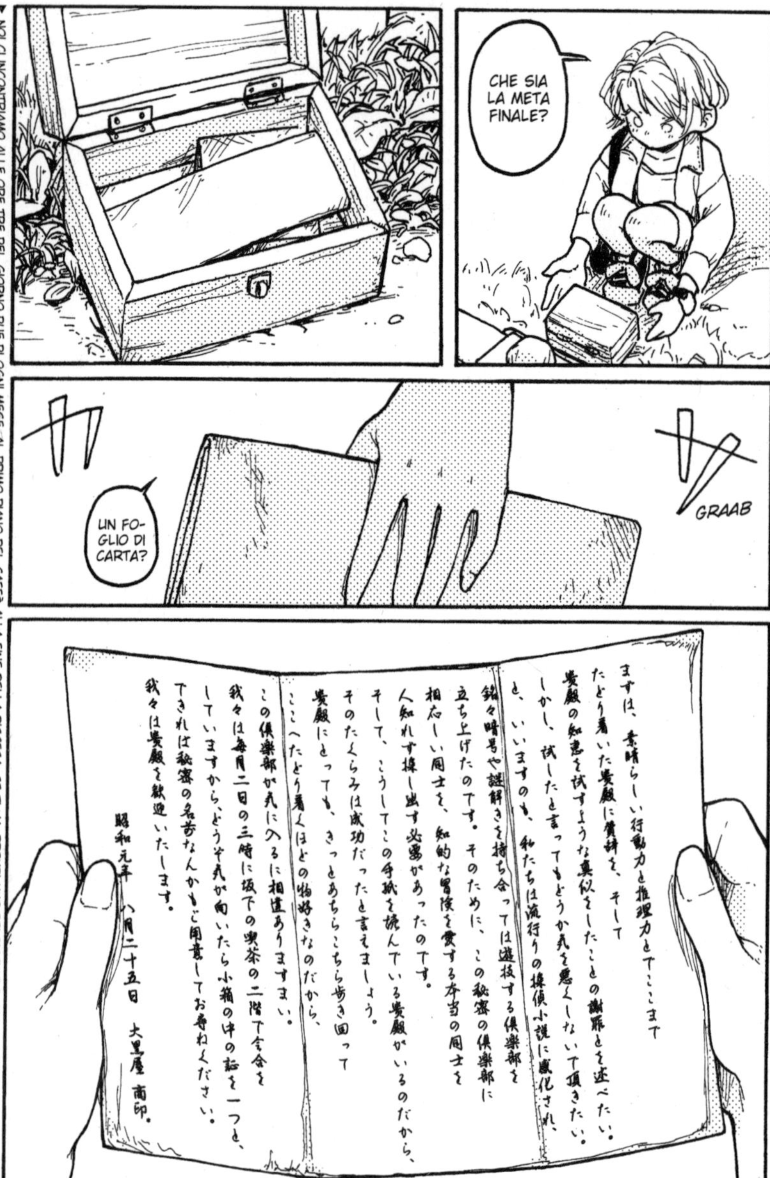

▼ NOI CI INCONTRIAMO ALLE ORE TRE DEL GIORNO DUE DI OGNI MESE, AL PRIMO PIANO DEL CAFFÈ ALLA FINE DELLA DISCESA: SE TI VA, PRENDI UNO DEI DISTINTIVI DELLA SCATOLA, DOTATI DI UN NOME SEGRETO E VIENI. TI ASPETTIAMO. 25 AGOSTO 1926 DAIKOKUYA.

ECCOLO!
SCUSAMI, JIZO.
TI DISTURBO SOLO UN ATTIMO.
BLINK
BLINK
DOVE SARÀ?
!
SVUP

MI SCUSI!
SÌ?
VEDIAMO L'ORA... SE CORRO DOVREI FARCELA.
POTREBBE DARE UN'OCCHIATA AI MIEI BAGAGLI PER QUALCHE MINUTO?
CERTO, NESSUN PROBLEMA.
GRAZIE, TORNO SUBITO!

* JIZO - STATUETTE DI PIETRA, SPESSO MESSE NEI TEMPLI O LUNGO LE STRADE, DEDICATE ALLE DIVINITÀ CHE TUTELANO I BAMBINI MORTI PREMATURI, MA ANCHE I VIAGGIATORI, N.D.T.

CINQUE COLONNE...
SFRUSH
カサ
5/5!
SFRUSH
カサ
尾添橋
旧石切り場跡
峡原神社
見附家城跡
みふけ山遊歩道
慈川地蔵
魚処 はくや
旧花柳邸
郷土資料館
慈川の湯
ジビエ料理
天狗屋
土産物屋通り
見附家駅

SONO USCITA UN PO' TROPPO PRESTO.
ASPETTERÒ ALL'INTERNO.

È STATO DIVERTENTE.
ORA MI CONVIENE RIENTRARE PRIMA CHE FACCIA BUIO, ALTRIMENTI RISCHIO DI TROVARMI NEI GUAI.

* S/S SCHERZO.
OH, ECCOLO QUI!
ポカーーーン
GHEEE
UH, UH!
UNO SCHERZO!
LO SAPEVO, ERA SOLO UNA BURLA DI QUALCHE BAMBINO!
あはは
AH AH AH
INUTILE PRENDERSELA.

ORA PERÒ MI RIPOSO UN ATTIMO.
STUNFT
SEMBRA UNA SORTA DI PIAZZA.
BENE!
DEVO CERCARE L'ULTIMO GRAFFITO!
SVUP
UUHM..

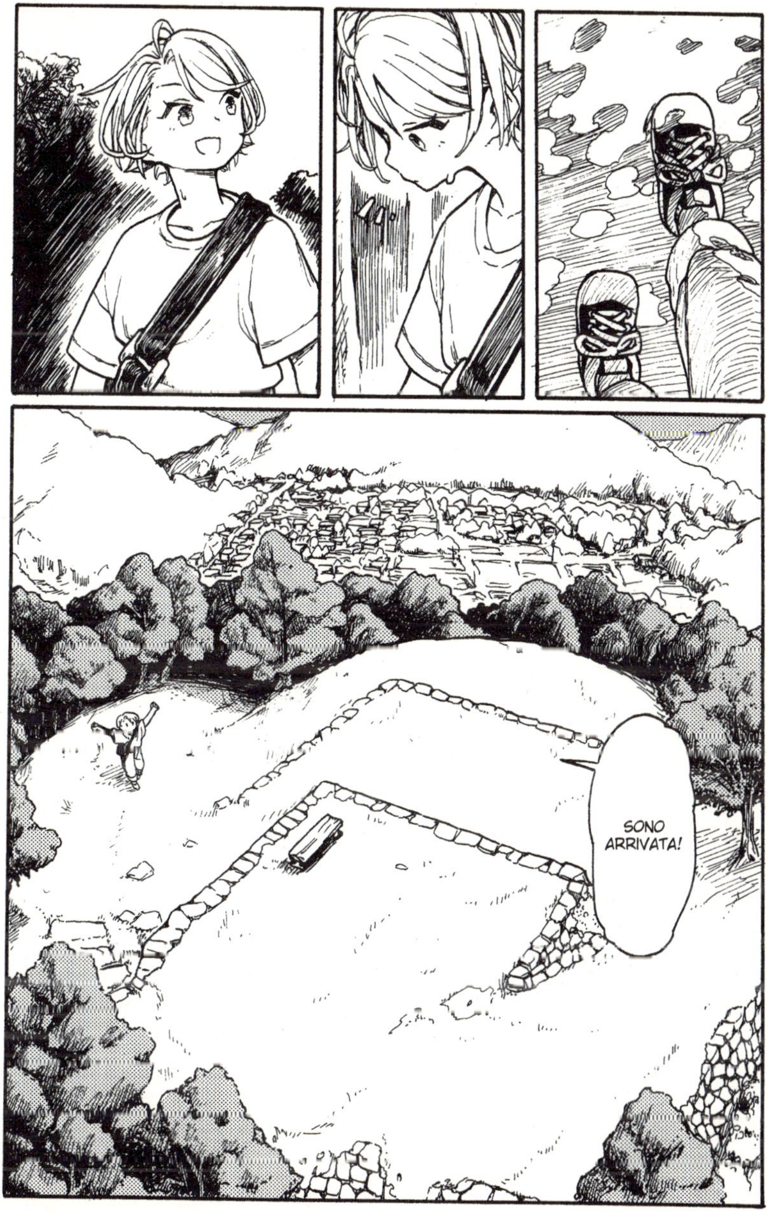
SONO ARRIVATA!

FWOOSH
-TAP

QUI DOVREBBERO ESSERCI I RESTI DI UN CASTELLO.
E C'È PURE UNA STRADA PER ARRIVARCI...
PERFETTO!
青葉通
旧石切り場跡
峡原神社
慈川地蔵
見附家城跡
みふけ山遊歩道
郷土資料館
ジビエ料理 天狗屋
TUTTO OTTIMO, GRAZIE!
みふけ山遊歩道
* SENTIERO PER IL MONTE MIFUKE.
ANF
MI FA MALE LA PANCIA...
ANF
NON AVREI DOVUTO METTERMI A FAR QUESTA SCALATA SUBITO DOPO PRANZO!
FUU FUU
E DIRE CHE DOVEVA ESSERE UN VIAGGIO DI PIACERE...
FIUUSH

QUESTA SORTA DI PIUMA MI SEMBRA DI AVERLA GIÀ VISTA.
CHE SIA UNO STEMMA DI FAMIGLIA?
QUI C'È SCRITTO CHE VIENE CHIAMATA "PIUMA DI FALCO".
鷹の羽
SE PRENDO LE DUE SILLABE DI "FALCO", IN MEZZO A LORO C'È "SA".
POI MI SERVE QUALCOSA LEGATO ALLA "BOCCA".
二枚舌 ー ことばねっと…
スプリットタンとは？
ECCO, L'ESPRESSIONE "LINGUA BIFORCUTA". SE DA QUI MI COLLEGO ALLA PAROLA "BUGIA", IN MEZZO A QUESTE DUE SILLABE RIESCO A PRENDERNE DELLE ALTRE.
あかさた
いきしち
うくすつぬ
えけせてね
おこそとの
ORA, SE LE COLLEGO..., "MIFU", "KE"...
E POI... *MONTE*?!
DEVO CERCARE UN MONTE.
パラ
FLAP
パラ
FLAP

* NELL'ALFABETO SILLABICO GIAPPONESE, LA "N", L'UNICO SUONO NON SILLABICO, OCCUPA L'ULTIMO POSTO. N.D.T.

* UNO DEGLI ALFABETI SILLABICI USATI DALLA LINGUA GIAPPONESE, N.D.T.

** DOLCETTO GIAPPONESE A BASE DI RISO, N.D.T.

ECCOLO!
LO FOTO-GRAFO.
パシャ
CLICK
パシャ
CLICK
4/5
4/5... SEGUE L'ORDINE...
QUESTA VOLTA È UN DISEGNO.

キョロ
BLINK
キョロ
BLINK
DOVE SARÀ?
DUN-QUE...
くる
SVUP
OH, UN SENTIERO...
UH? UN PORTO-NE?
!

おお～
OOH...
MI SA CHE NON È IL CASO DI FARE DELLE FOTO.
MI LIMITERÒ A PREGARE.

FORZA!
トダッ
TAP
VISTO CHE È 3/5 VUOL DIRE CHE CE NE SONO ANCORA DUE...
MA CHE DIAVOLO CELERÀ?
MAGARI UNA BASE SEGRETA COME FANNO OGNI TANTO I BAMBINI?
OPPURE UN TESORO NASCOSTO.

* CELEBRE POEMA CHE SI RITIENE SIA STATO COMPOSTO INTORNO ALL'ANNO MILLE DAL FONDATORE DELLA SETTA SHINGON. È IMPORTANTE IN QUANTO CONTIENE OGNI CARATTERE DELL'ALFABETO GIAPPONESE UNA SOLA VOLTA, N.D.T.

* SORTA DI GIOCO/LOTTERIA PER ABBINARE GRUPPI DI NUMERI E/O OGGETTI.

UNA FOTO... NIENTE DA FARE, CON QUEST'ANGOLAZIONE NON VIENE BENE.
E NON È CHE POSSO SALIRE SUL CORRIMANO.
カチ
CLATCH
NON MI RESTA CHE FARMI UN APPUNTO.
DUNQUE, NOVE RIGHE VERTICALI...
MENTRE QUELLE ORIZZONTALI SONO A CASACCIO.
DAL FONDO SONO SEI, QUATTRO, CINQUE, QUATTRO, SEI, QUATTRO, SEI, QUATTRO.
CINQUE, SETTE, CINQUE?
MENTRE GLI SCARABOCCHI...
SONO QUI E QUI...

OOH!
DUNQUE, QUELLO SCARABOC-CHIO...
DOVE SARÀ?
ECCOLO!
3/5?

* PONTE DI OZO.

*TANUKI: CREATURA FOLCLORISTICA, BASATA SUL REALMENTE ESISTENTE CANE PROCIONE, DAGLI APPARISCENTI TESTICOLI SIMBOLO DI FERTILITÀ E FORTUNA.

+ OZO SIGNIFICA LETTERALMENTE "INSIEME ALLE CODE", N.D.T.

UN GIARDINO INTERNO.
BLINK
BLINK
DI NOTTE I GIARDINI CREANO UN'ATMOSFERA DECISAMENTE PARTICOLARE.

QUESTO...
PENSAVO FOSSE UN GRAFFIO, E INVECE...
1/5
CHE SIA UNA MAPPA?
SVUP
CHE SIANO DEGLI SCARABOCCHI? NON C'È VERAMENTE PIÙ RITEGNO...
UUHM
UUHM
QUESTA X DOVREBBE ESSERE DA QUESTE PARTI, MA 1/5...
CHISSÀ, FORSE CERCANDOLO...
... TROVERÒ IL RESTO DELLA MAPPA.
AH!

UHN?

* KUMAGAWA NO YU ("ACQUE TERMALI DEL FIUME DELL'ORSO").

* SI TRATTA DI LAVAGNE UTILIZZATE PER SEGNALARE OGGETTI SMARRITI E PER GLI AVVISI TRA AMICI. UN TEMPO DIFFUSE ANCHE NELLE GRANDI CITTÀ, ORA SONO RARE E PRESENTI SOLO IN PICCOLI CENTRI.

SHII
PLITCH
OOH...
WOW!
BLINK
BLINK

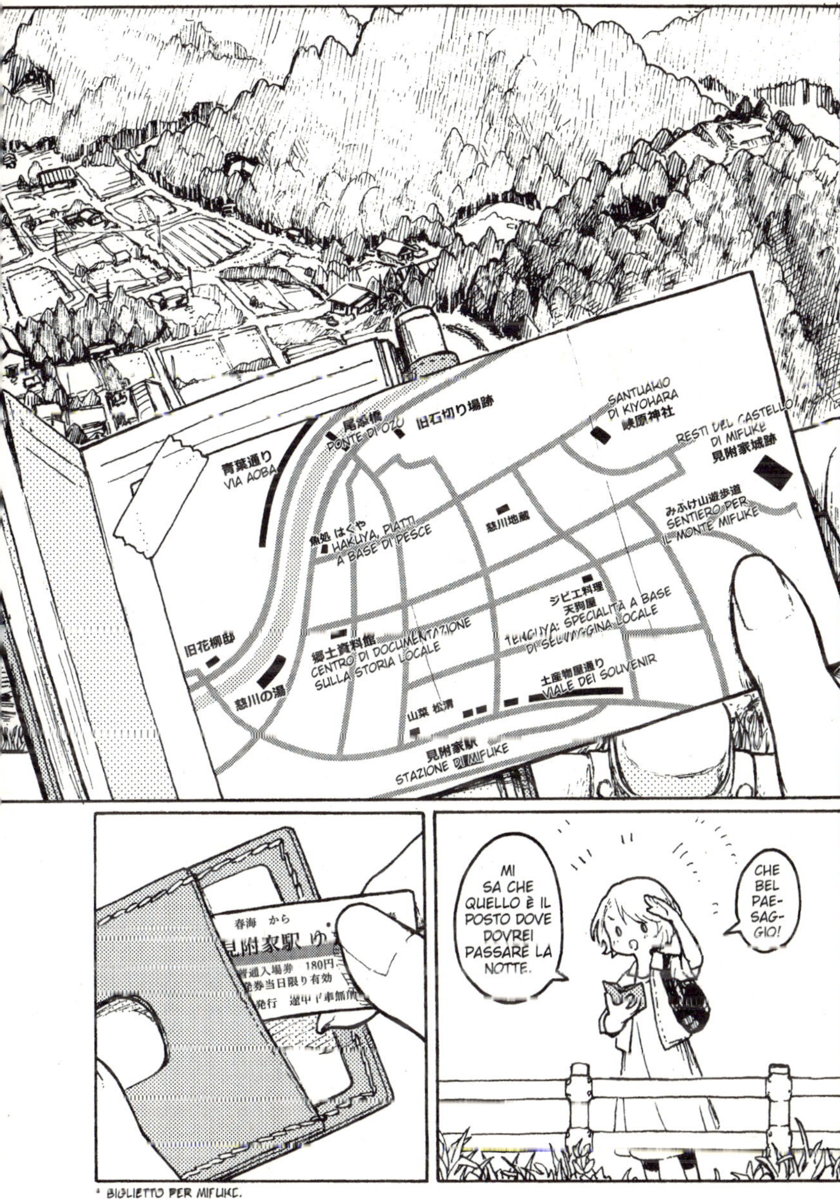

* BIGLIETTO PER MIFUKE.

TOTLO
TOTLON
みふけ
見附家
• MIFUKE.
PAT PAT
SONO ARRIVA-TA!
FLAP

CHOME

ちょめ

RICORDI

八月の思い出

FINE

PUSH

VUUR

IL MARE VERO…
MI INCUTE TIMORE.
SCIAAF
…

SVUP
FRUSH

NON POSSO CONTINUARE COSÌ...
QUANDO SARÀ COMINCIATO TUTTO?
MA CERTO, IL MARE!
È DA QUANDO MI È VENUTA VOGLIA DI VEDERLO.
海 バス 当日

PLITCH
FLUSH
06:32
オフィス内プリンターの定期メ
SCIAAF
BUUZ BUUZ

UH?
NON È CHE ANCHE LEI...
ZUMP
SCREEEEEK

ANCO-RA IL MARE...
È TALMENTE INVITANTE...

* PRIORITÀ ** RISCALDAMENTO *** CHIAMATA NOTA: I BAGNI GIAPPONESI MODERNI SONO QUASI TUTTI DOTATI DI UN PANNELLO DI CONTROLLO ELETTRONICO, GRAZIE AL QUALE SI PUÒ SCEGLIERE LA TEMPERATURA DELL'ACQUA, OPPURE CHIAMARE QUALCUNO PRESENTE IN UN'ALTRA STANZA DELLO STESSO APPARTAMENTO.

+ MEETING MATTUTINO SUL BILANCIO TRIMESTRALE ++ RAPPORTO SULLO STATO DI AVANZAMENTO DEI NUOVI PRODOTTI.

SVUUN
MEGLIO RIN-CASA-RE...
SVUIP

IL MA-
RE...

PSHUUU
TONK
CAPOLINEA!

TRENO IN ARRIVO.
ALLONTANARSI DAI BINARI.
BLUUB
BLUUB

* ULTIMO TRENO DIRETTO A XX

カタ
TLICK
カタ
TLICK
カタ
TLICK
BLUB

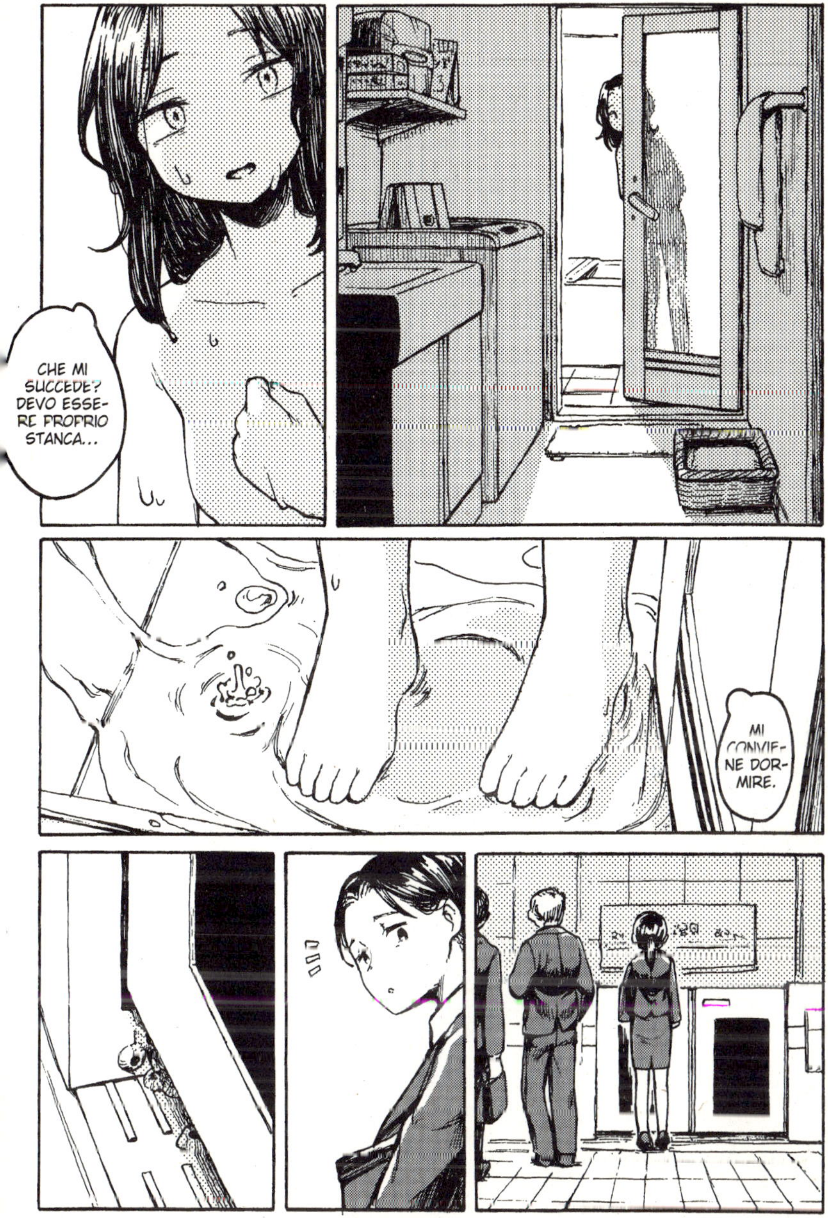
CHE MI SUCCEDE? DEVO ESSERE PROPRIO STANCA...
MI CONVIENE DORMIRE.

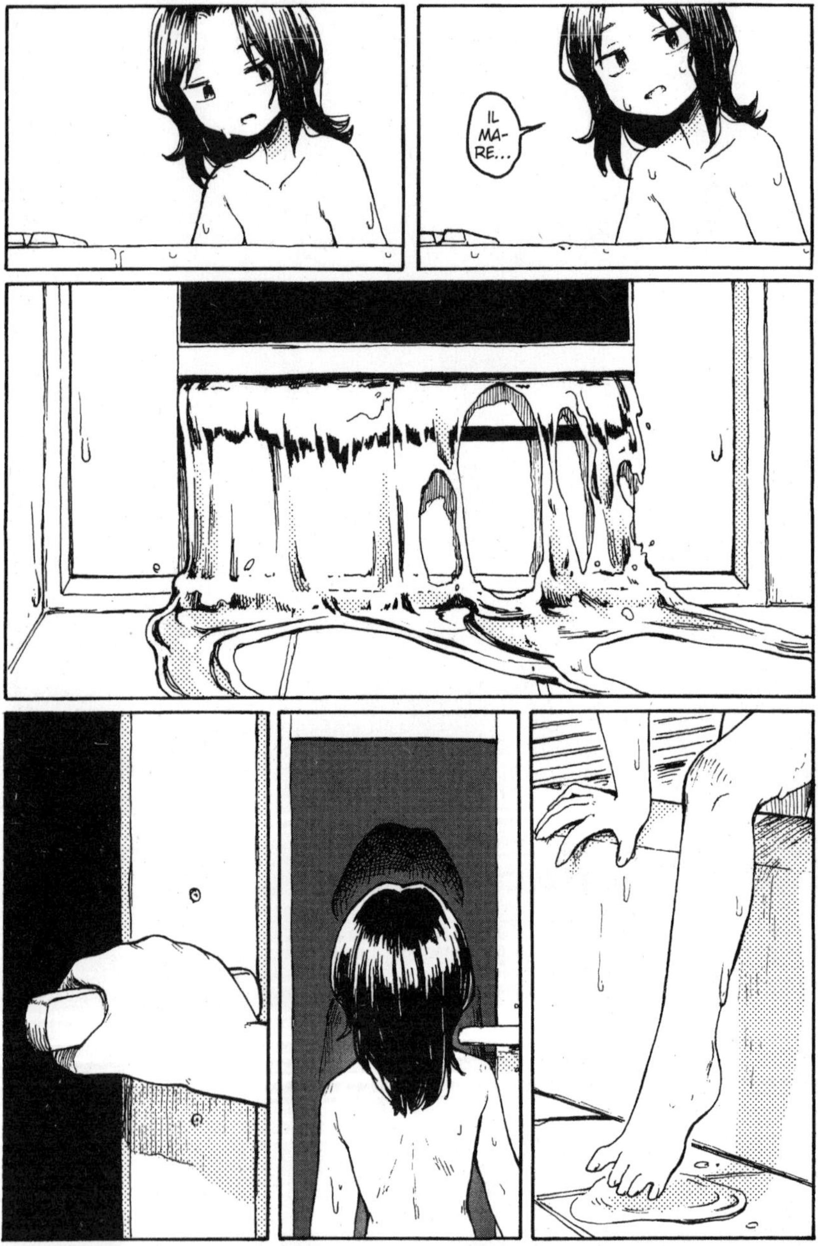
IL MA-RE...

STUNKT
ヌゥゥ

AAHN...
...

バタンッ
STLACK
ワササ
FLLOOP
カポ
SGUISH

ガタン
TA-TLAN
ゴトン
TA-TLAN
IL FONDOTINTA NON HA TENUTO...
MAGARI USO ANCHE OGGI I SALI DA BAGNO.
ALTRIMENTI FINISCONO PER INCOLLARSI.
ピョコ
SVUIP
OPPURE È LO ZUCCHERO CHE DIVENTA UN BLOCCO UNICO?
SIAMO GIUNTI AL CAPOLINEA.

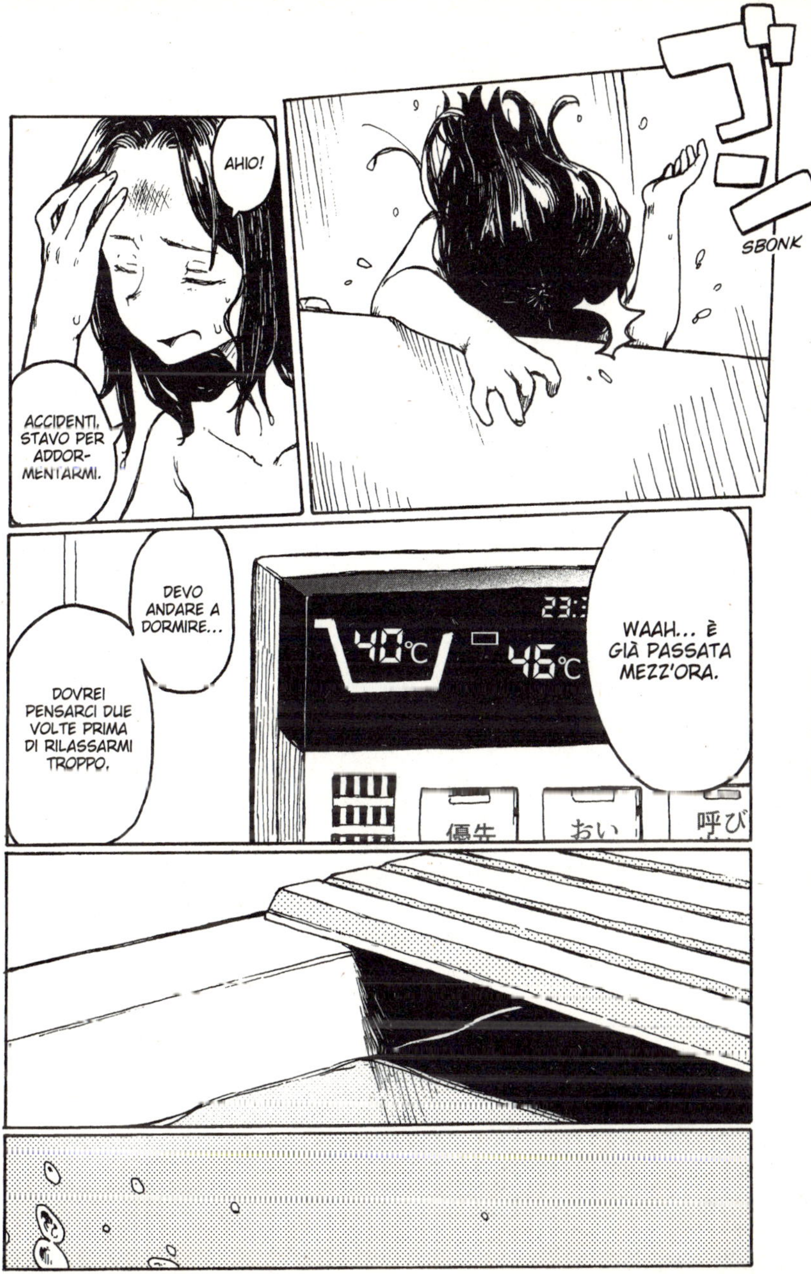

SBONK
AHIO!
ACCIDENTI, STAVO PER ADDOR-MENTARMI.
40℃
46℃
WAAH... È GIÀ PASSATA MEZZ'ORA.
DEVO ANDARE A DORMIRE...
DOVREI PENSARCI DUE VOLTE PRIMA DI RILASSARMI TROPPO.

EH?
!!
ASPET...
SLIPT

FLUSH
?

DOMANI DEVO USCIRE PRESTO.
NON POSSO PRENDER-MELA TANTO COMODA...
PLITCH

* SALI DA BAGNO CITRUS.

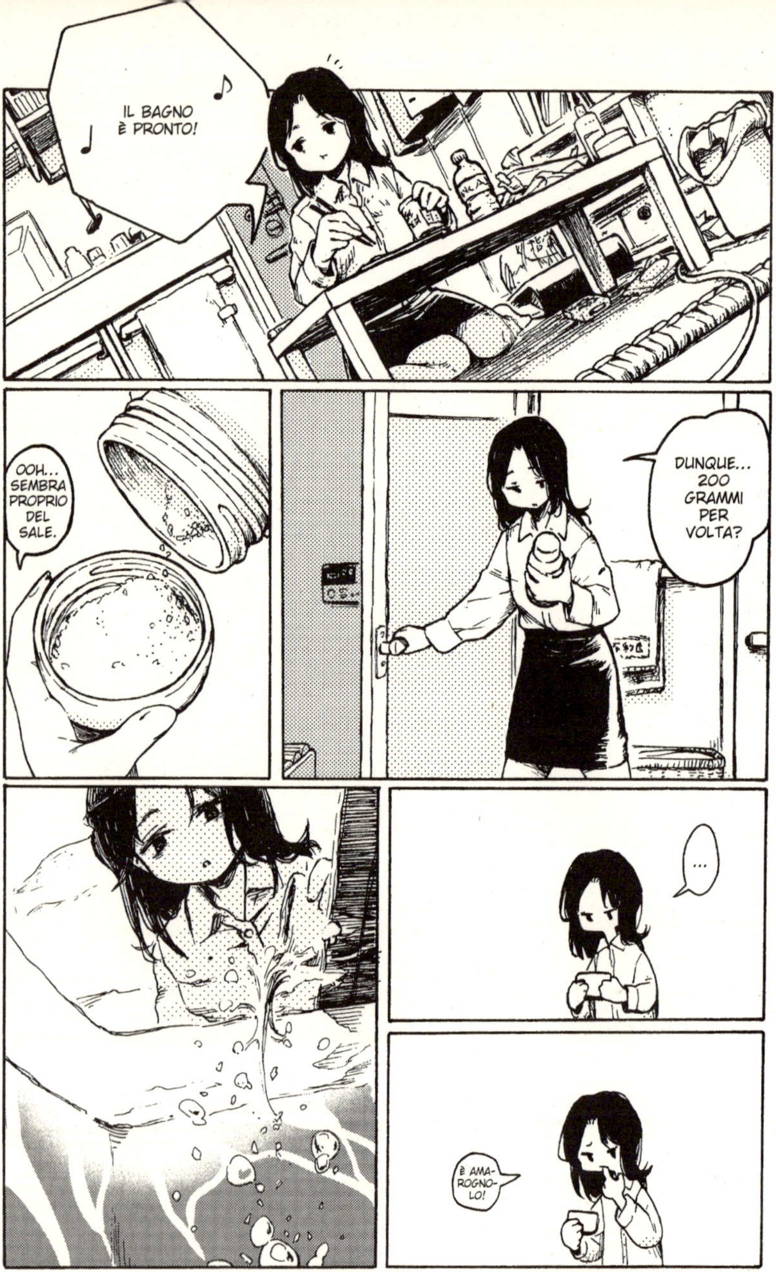
IL BAGNO È PRONTO!
DUNQUE... 200 GRAMMI PER VOLTA?
OOH... SEMBRA PROPRIO DEL SALE.
...
È AMAROGNOLO!

* SALI DA BAGNO.

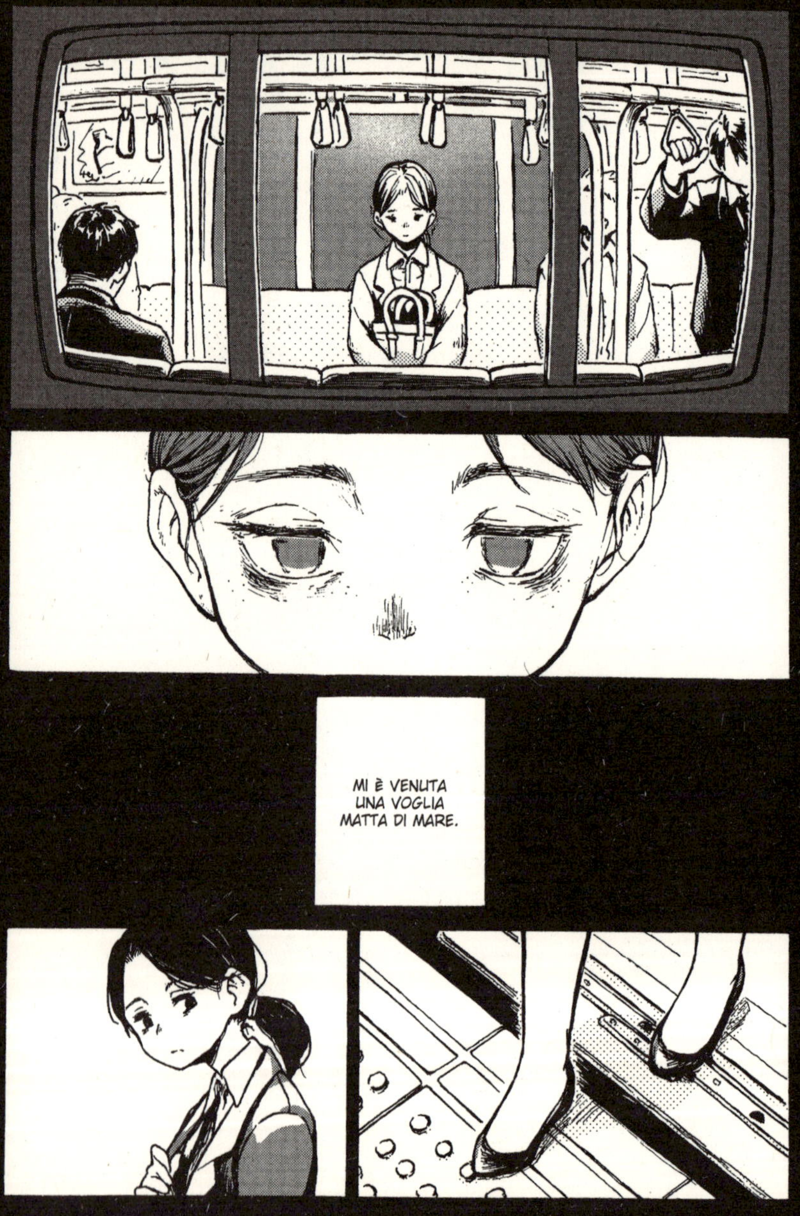
MI È VENUTA
UNA VOGLIA
MATTA DI MARE.

CHOME
ちょめ

L'ANCORA

錨を揚げる

FINE

ガタッ!!
SDRAANG
タッ
TAP

OH!
MI SONO ADDORMENTATA?
......
NON CI SONO PIÙ.
IL MIO BLOC-NOTES E LA MATITA...
SCRUSH SCRUSH
ALLORA NON ERA UN SOGNO?

平成三十年三月二十五日・一日自宅で
ため隣町まで買い物に出かけ、食事を
平成三十年三月二十六日・午前中に
平成三十年三月二十七日・一日
A 23 MARZO 2018: HO PASSATO TUTTA LA GIORNATA A CASA. 24 MARZO 2018: SONO ANDATA COI MIEI GENITORI A FARE COMPERE NEL PAESE ACCANTO, E ABBIAMO PRANZATO FUORI. 25 MARZO 2018: HO PASSATO TUTTA LA GIORNATA A CASA. 26 MARZO 2018: NELLA MATTINATA...
B 27 MARZO 2018: HO PASSATO TUTTA LA GIORNATA A CASA.

NON VOGLIO PIÙ SAPERE NULLA!
TAP
AKARI!

ALLORA DALLE MEDIE ANDRÀ NELLA CIRCOSCRIZIONE ACCANTO?
SÌ. NOI SIAMO PROPRIO SUL CONFINE, E ANCHE PER VIA DEL LAVORO...
PERCHÉ NON ME L'HAI DETTO?
NON DICEVI CHE SAREBBE STATO BELLO...
... ESSERE ANCORA IN CLASSE INSIEME?
CHIE, AVRESTI DOVUTO DIRMELO CHE CI SAREMMO SEPARATE.
SENTI, AKARI...
CHIE, DI UNA COME TE...

* 22 MARZO: TERMINO LA SCUOLA ELEMENTARE DI KAWAI.
SUBITO DOPO HO UNA DISCUSSIONE CON CHIEKO YAKATA E TAGLIAMO TUTTI I CONTATTI.

DA QUESTA PAGINA IN POI...
È TUTTO SCARABOCCHIATO E POI IL MIO NOME NON COMPARE PIÙ.
GLOMP

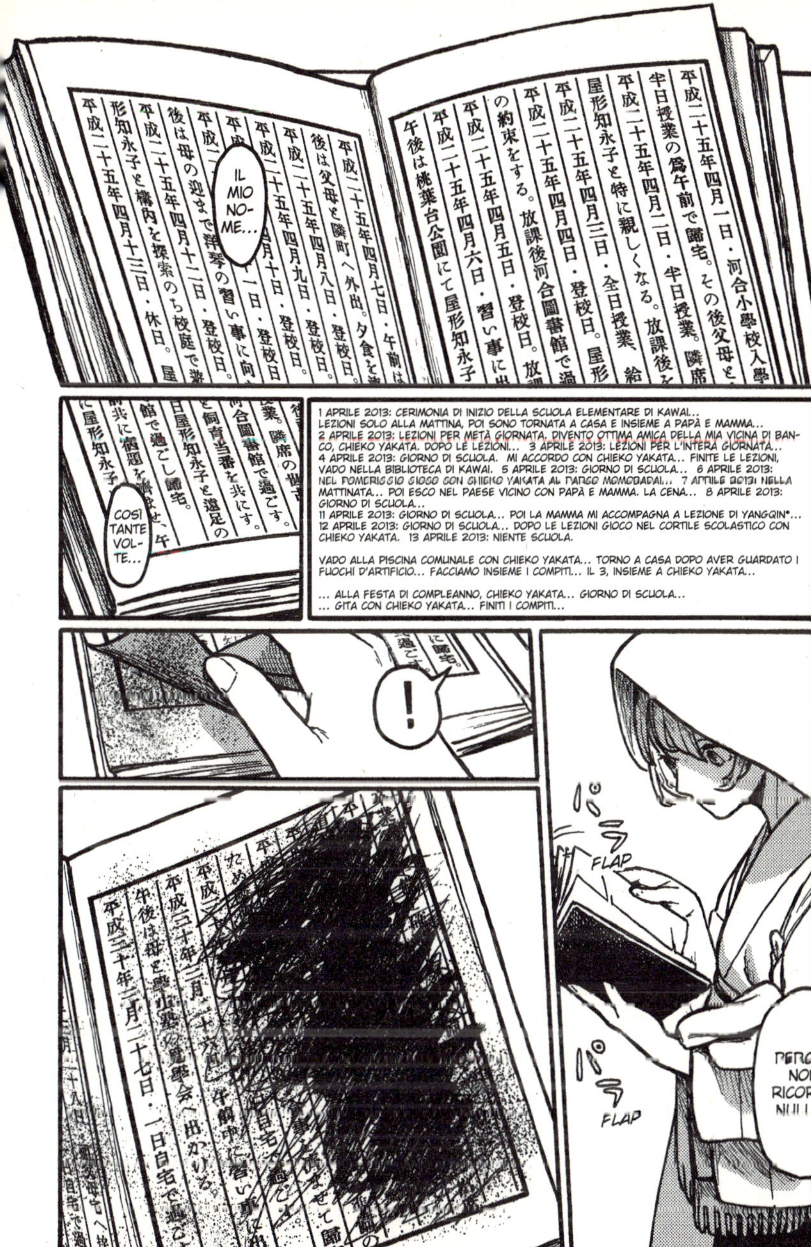

* STRUMENTO A PERCUSSIONE CINESE, N.D.T.

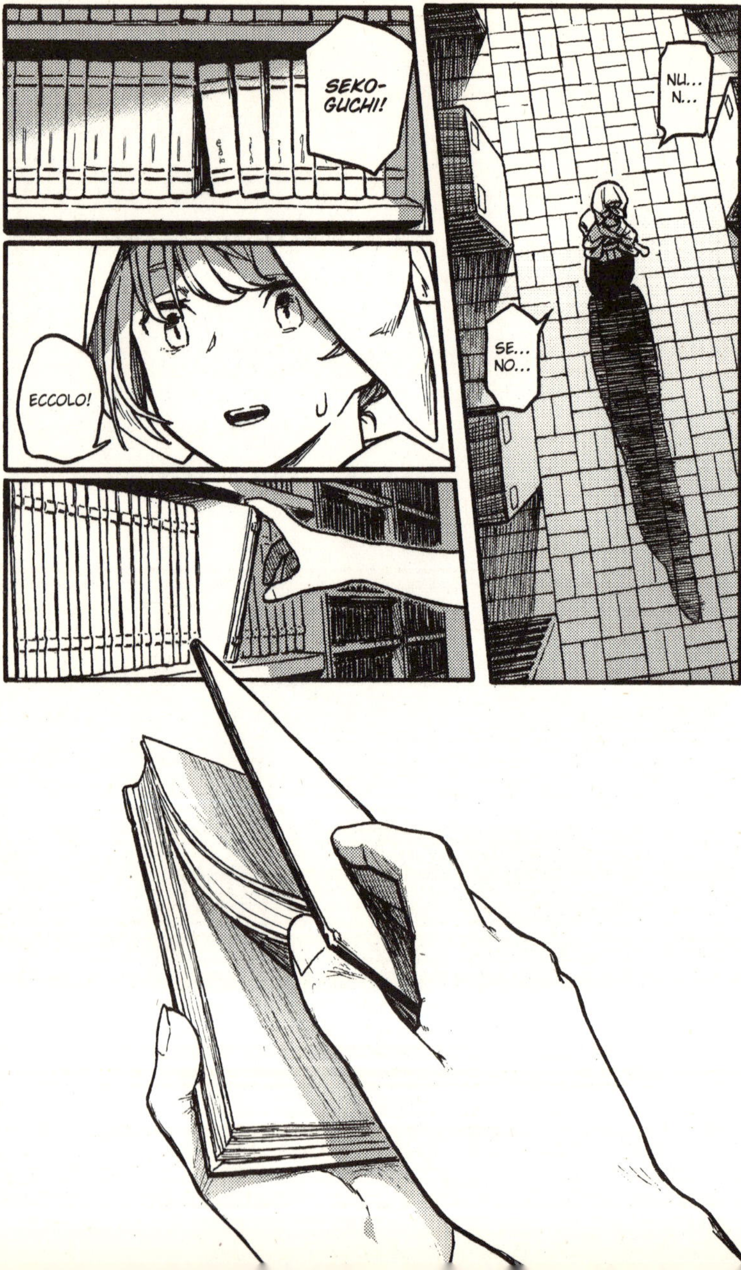

NU... N...
SE... NO...
SEKO-GUCHI!
ECCOLO!

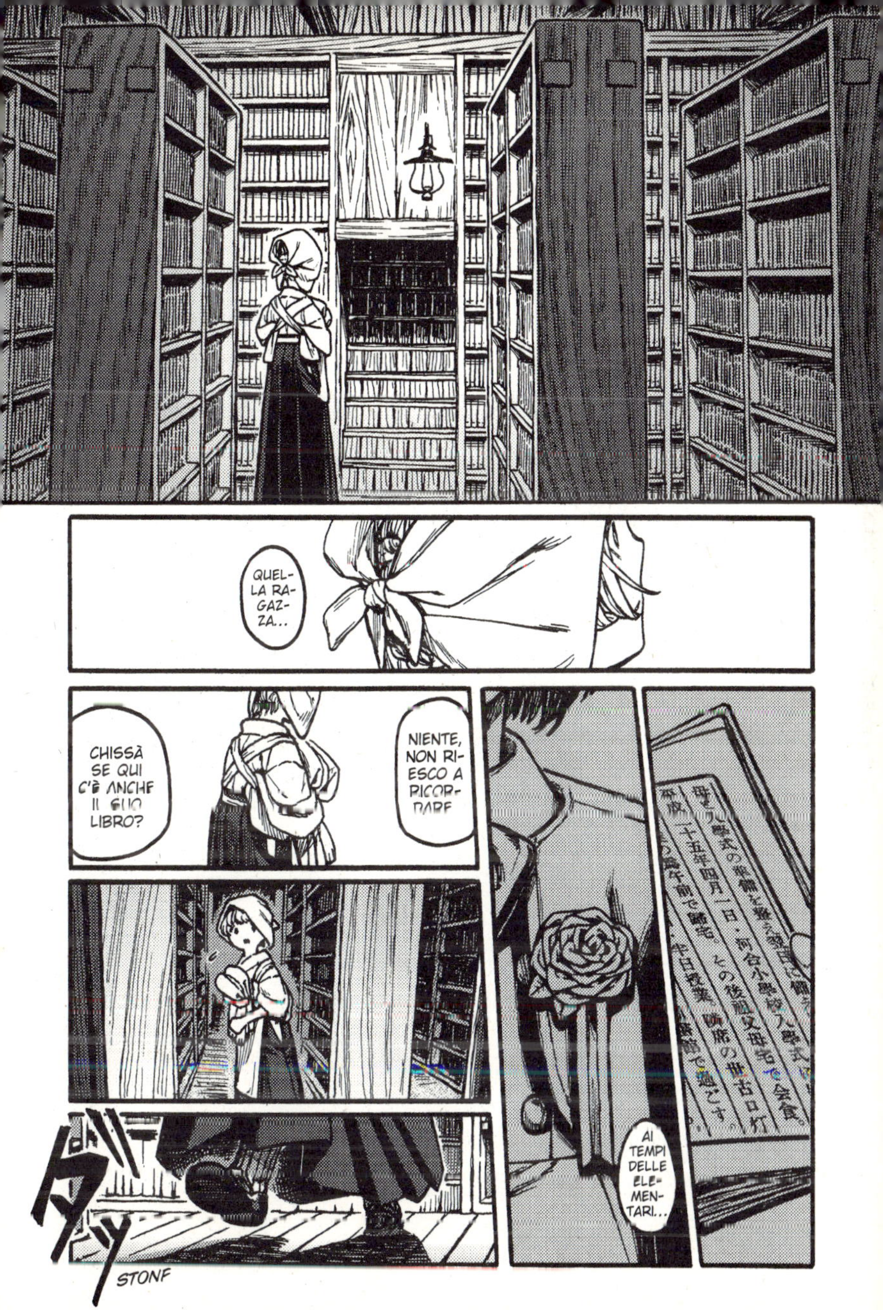
QUEL-LA RA-GAZ-ZA...
AI TEMPI DELLE ELE-MEN-TARI...
NIENTE, NON RI-ESCO A RICOR-DARE
CHISSÀ SE QUI C'È ANCHE IL SUO LIBRO?
STONF

CHIE!

DUNQUE, KAMIYA...
TANAKA...
...
CHIE.
IL NOME...
PERCHÉ CONOSCEVA IL MIO NOME?

SVUP
AAH, CHE PAURA...
MA CHE SARÀ STATO?
MI SA CHE SONO TORNATA IN SUPERFICIE.
CREDO CHE QUESTA SIA LA BIBLIOTECA IN SUPERFICIE.
PER CUI, DOVREI ESSERE ENTRATA DALLE PARTI DELLO SCAFFALE CON LA "YA".
BAH, NON IMPORTA.
DEVO CERCARE L'USCITA.

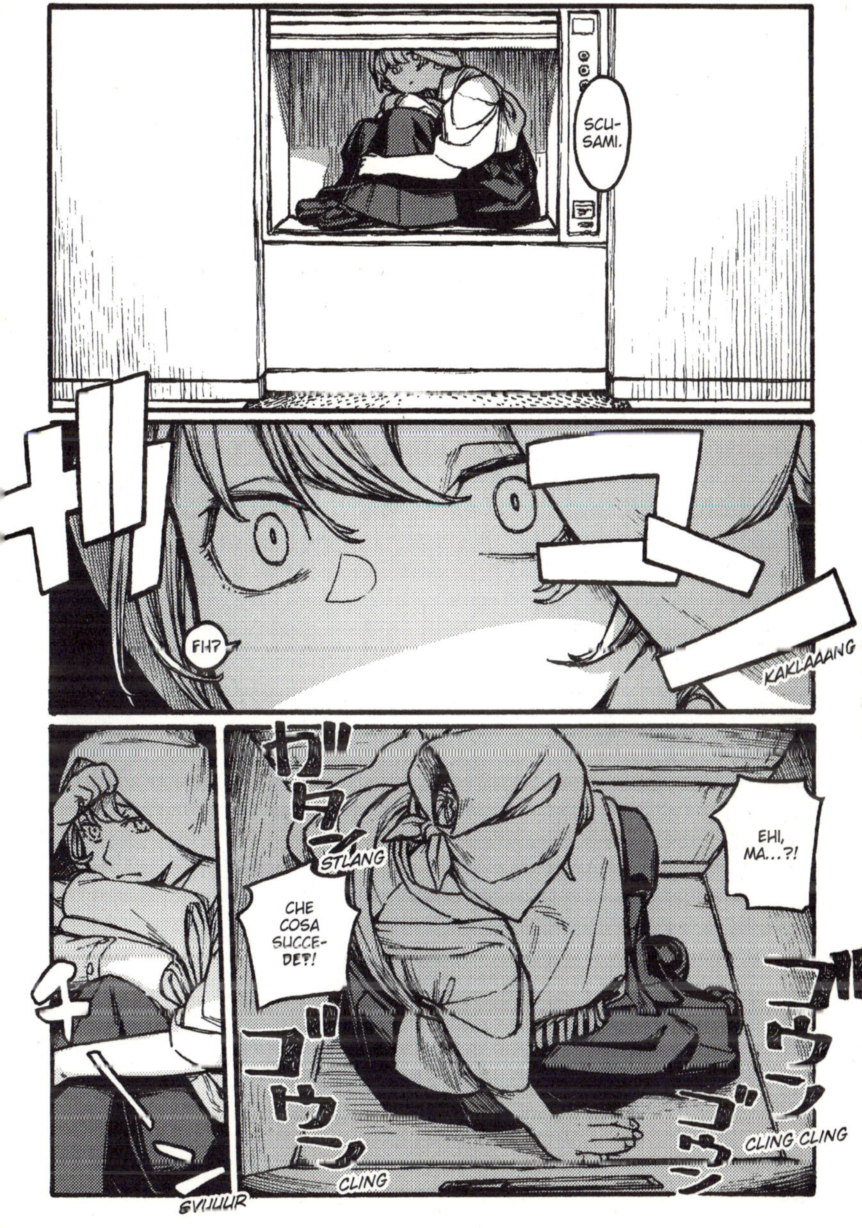
SCU-
SAMI.
KAKLAAANG
EH?
EHI,
MA...?!
STLANG
CHE
COSA
SUCCE-
DE?!
CLING CLING
CLING
SVUUUR

SE-GUIMI.
C'È IL MONTA-CARICHI.
?
?
A... ASPETTA!
SVUP
SA-LI...
IO POI SCHIACCIO IL PUL-SANTE DA FUORI.
SEN-TI...
VOLEVO RINGRA-ZIARTI PER AVERMI COPERTO.
...
CHIE.

HAAH...
? ?
FINALMENTE TI HO TROVATA.
VATTENE VIA.
NON PUOI RESTARE QUI.

!!?
SPAF
へたり・・
STUNFT
TUC TUC TUC
TUC TUC TUC
TUC TUC TUC
DEVO RIUSCIRE AD ALZARMI E SCAPPARE...
GRAB

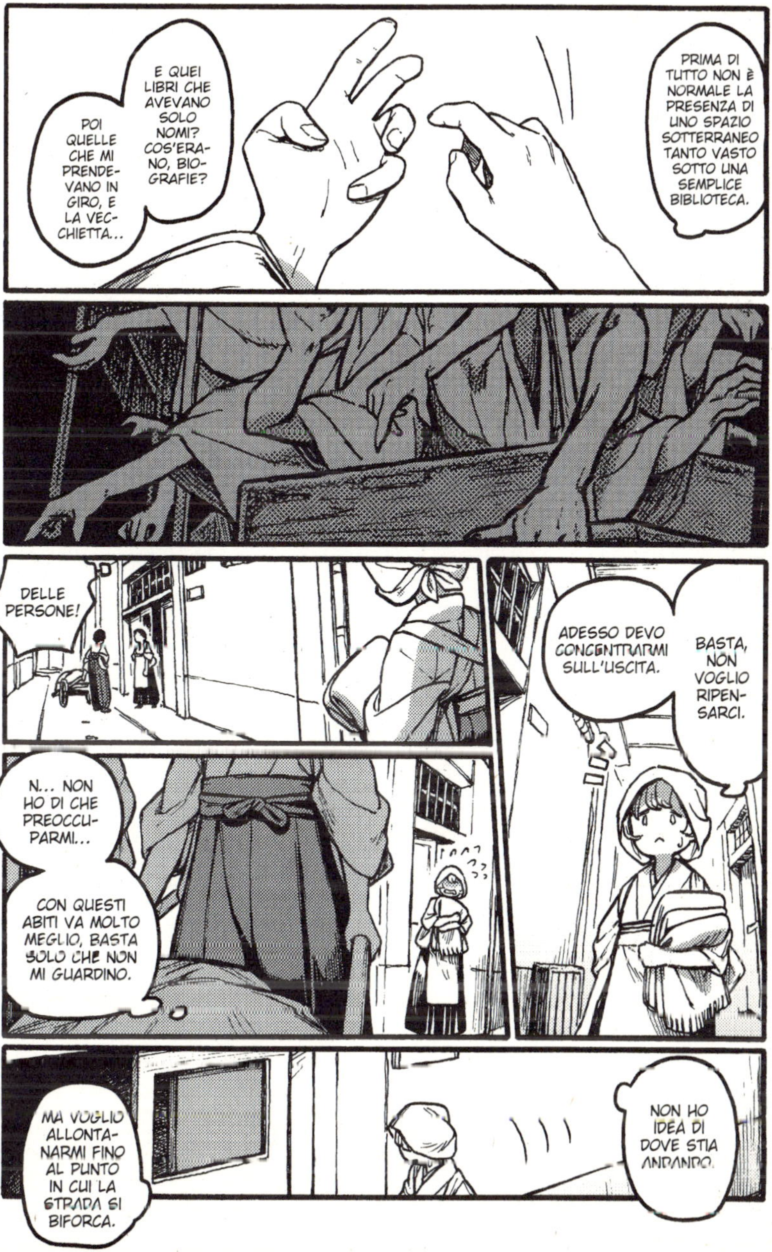
PRIMA DI TUTTO NON È NORMALE LA PRESENZA DI UNO SPAZIO SOTTERRANEO TANTO VASTO SOTTO UNA SEMPLICE BIBLIOTECA.
E QUEI LIBRI CHE AVEVANO SOLO NOMI? COS'ERA-NO, BIO-GRAFIE?
POI QUELLE CHE MI PRENDE-VANO IN GIRO, E LA VEC-CHIETTA...
BASTA, NON VOGLIO RIPEN-SARCI.
ADESSO DEVO CONCENTRARMI SULL'USCITA.
DELLE PERSONE!
N... NON HO DI CHE PREOCCU-PARMI...
CON QUESTI ABITI VA MOLTO MEGLIO, BASTA SOLO CHE NON MI GUARDINO.
NON HO IDEA DI DOVE STIA ANDANDO.
MA VOGLIO ALLONTA-NARMI FINO AL PUNTO IN CUI LA STRADA SI BIFORCA.

HAI DIMENTICATO DELLE COSE.
SDRAAANG
キョロ
BLINK
キョロ
BLINK
NEANCHE L'OMBRA DI UNA PERSONA.
BENE, CERCHIAMO LA VIA PER TORNARE A CASA.
MA...
CHE RAZZA DI POSTO È QUESTO?

UAO-OH!
INGINOCCHIATI UN PO'.
ANCHE SE HAI CAMBIATO GLI ABITI, DEVI EVITARE DI INCROCIARE LO SGUARDO CON LA GENTE DI QUI.
PERCHÉ IL VISO DI UNA PERSONA IN VITA SI RICONOSCE.
ECCO, FINITO.
COSÌ NON DARAI PIÙ NELL'OCCHIO.
わー
WAAAH!
GRAZIE!
TU TI SEI DIMENTICATA, EH!?
?
CHE COSA?

MA, DOVE SONO FINITI I PEZZI DI CARTA CHE AVEVO TAGLIATO?
EHM, QUESTO PUÒ TORNARLE UTILE?
MEMO PAD
OOH...
?
じっ...
BLINK
SEI PROPRIO GENTILE, RAGAZZA.
VERAMENTE... DOPOTUTTO, È COLPA MIA...
ASPETTA UN ATTIMO.
PERDONAMI, PURTROPPO SONO VECCHIA...
SCRUSH SCRUSH
?

LEI COSA CI FA QUI?
ECCO... RESTAURO I LIBRI DANNEGGIATI.
CARA CARA
IN MODO CHE SI POSSANO LEGGERE ANCORA.
LI RIPARA? TUTTI QUESTI?
CERTO.
ALTRE COSE DA RIPARARE NON CE NE SONO.
STUNF!
LI VORREI RIPARARE TUTTI...
MA APPENA FINITO UN LIBRO, SUBITO SE NE ROVINA UN ALTRO.
È UNA COSA IMPOSSIBILE.
SOPRA NE STAMPANO SEMPRE DI NUOVI.
GRIII
FORSE È COME DICI.

STOTOTOTOONF
SDRAANG
OPS!
MI... MI DISPIACE: TUTTO A POSTO?
SÌ... MI SCUSI.

LI STA RESTAURANDO?
È TALMENTE ASSORTA NEL LAVORO CHE NON SI È ACCORTA DI ME.
FORSE MI CONVIENE RIMANERE NASCOSTA QUI PER UN PO'.
DEVO ANCHE CERCARE L'ENTRATA.
STUNK

STUNK
QUEL-LA...

ガラッ
OOH...
UNA STANZA NASCOSTA?

MA... QUI?
WAH, COM'È RIDOT-TO!
プラーン
STRAAAP
ずざざー
SFRUUUSH
DUNQUE, SE QUELLI NON DE-MORDO-NO...
... MI CONVIENE NASCON-DERMI DA QUALCHE PARTE.

STUNFT
NON MI INSEGUONO... MENO MALE...
AAHN...

!!
SONO BLOCCATA!
E ORA CHE FACCIO...
LO SCARICO DELLA SPAZ-ZATURA? POSSIBILE CHE NON CI SIA ALTRO?
WAAAAA!

IL NOME...
BLINK
...
TAP
SBAM

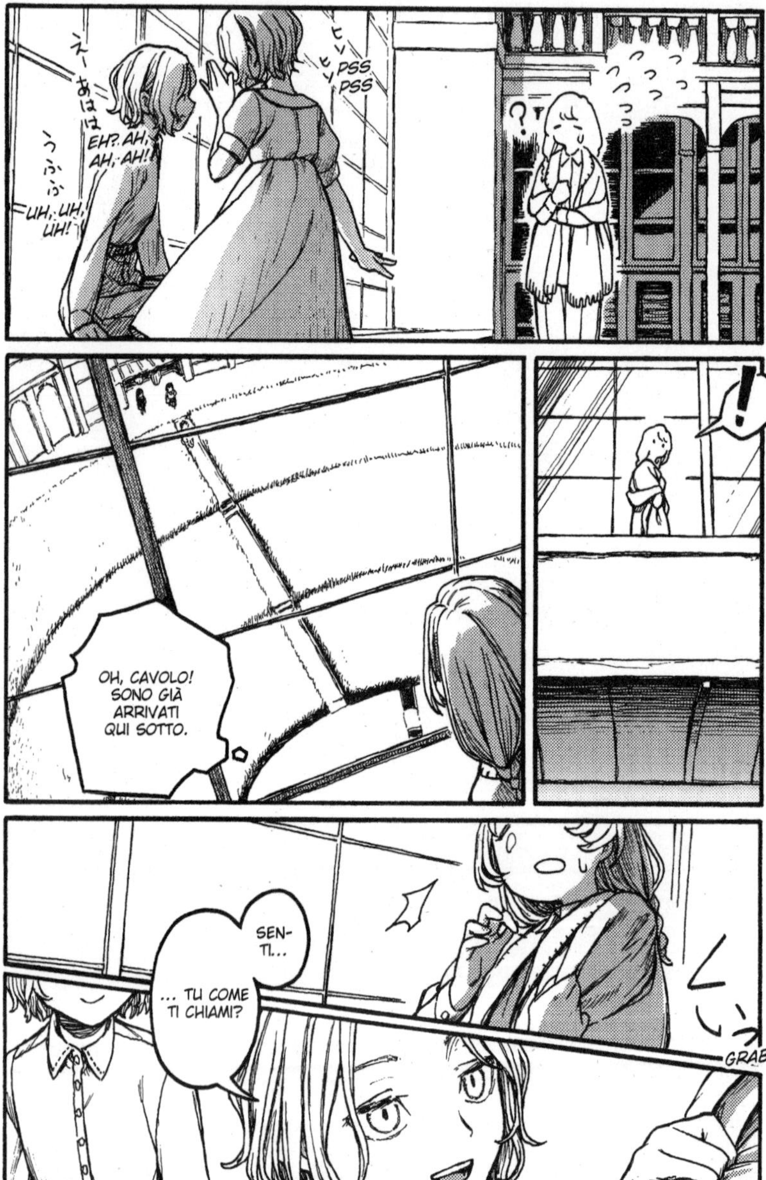

?
ヒソヒソ
PSS PSS
えーあはは
EH? AH, AH, AH!
うふふ
UH, UH, UH!
!
OH, CAVOLO! SONO GIÀ ARRIVATI QUI SOTTO.
SEN-TI...
... TU COME TI CHIAMI?
GRAB

おずおず
STRUSH STRUSH
UN VISO MAI VISTO.
DEVE ESSERE NUOVA.
CHE SIA UNA DELLA RILEGATURA?
OPPURE DELLA CARTIERA.
VIENI FUORI, NON NASCONDERTI.
...
SBAGLIAMO?
EEHM...
ALLORA SEI DELLA CONCERIA? O DEL SETTORE INCOLLATURE?
ANCHE SE NON LO SEMBRI AFFATTO.
SE NON È DI NESSUN REPARTO...
VUOL DIRE CHE QUESTA RAGAZZA È VENUTA DA FUORI.
HAI RAGIONE. DEV'ESSERE SCESA DALL'ALTO.

!
うふふ
IH, IH, UH!
あははは
UAH, AH, AH, AH
C'È QUALCUNO LÌ?
ANCHE QUEL-LE RAGAZZE STANNO SCRIVENDO QUALCOSA.

* MITSUNARI ISHIDA.
** MILITARE GIAPPONESE CHE NEL 1600 PARTECIPÒ ALLA CELEBRE BATTAGLIA DI SEKIGAHARA CONTRO LE TRUPPE DI IEYASU TOKUGAWA, PERDENDO E VENENDO DECAPITATO. N.D.T.

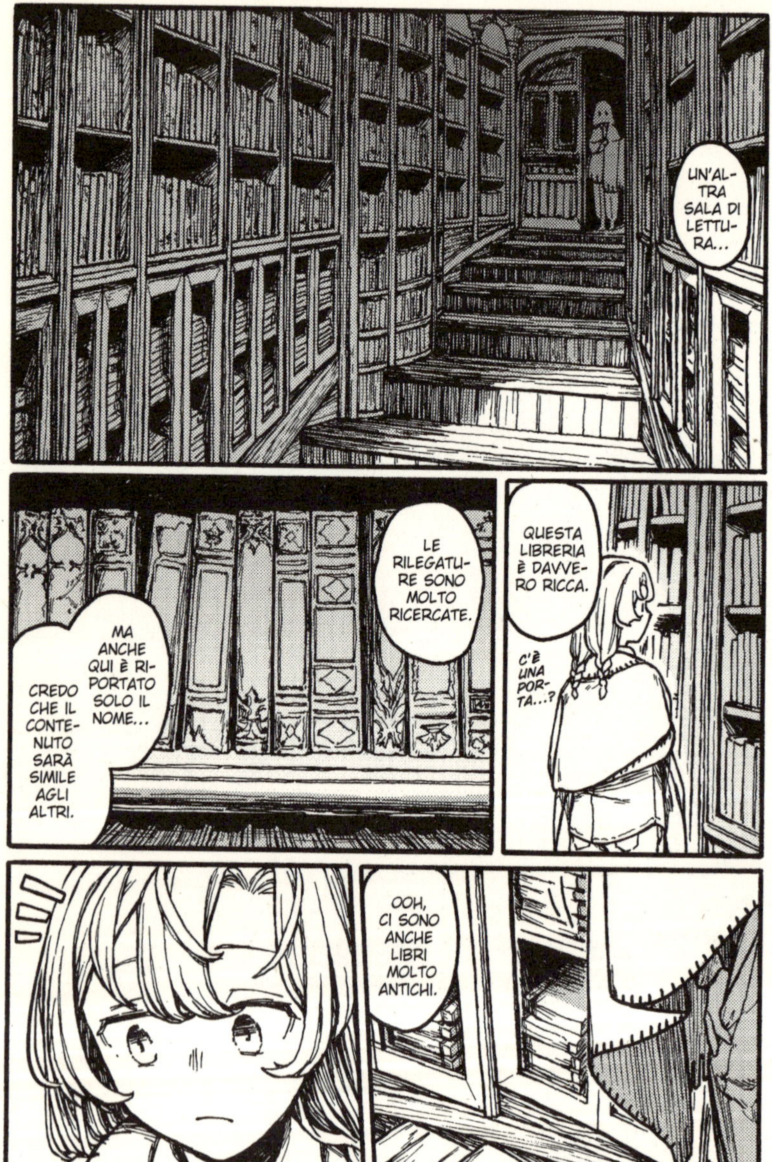
UN'AL-TRA SALA DI LETTU-RA...
QUESTA LIBRERIA È DAVVE-RO RICCA.
C'È UNA POR-TA...?
LE RILEGATU-RE SONO MOLTO RICERCATE.
MA ANCHE QUI È RI-PORTATO SOLO IL NOME...
CREDO CHE IL CONTE-NUTO SARÀ SIMILE AGLI ALTRI.
OOH, CI SONO ANCHE LIBRI MOLTO ANTICHI.

EPPURE IL CIELO SI VEDE.
MI SA CHE POSSO SOLO TORNARE AL PUNTO DI PARTENZA.
SOLO CHE IL PENSIERO CHE POTREI IMBATTERMI IN QUALCUNO...
NON POSSO FARE ALTRO CHE CERCARE UN'ALTRA USCITA, OPPURE TORNARE ALLA BIBLIOTECA SEGUENDO UN PERCORSO ALTERNATIVO.
QUELLA GENTE MI METTE PAURA.
GNEEK

WAH!
UN CAMPO?
VEDIAMO DI CERCARE UN MODO PER RISALIRE E TROVARE L'USCITA.

NON HO TEMPO DI STARMENE FERMA IMPALATA.
LA LUCE ESTERNA...
SONO SCESA PROPRIO TANTO.

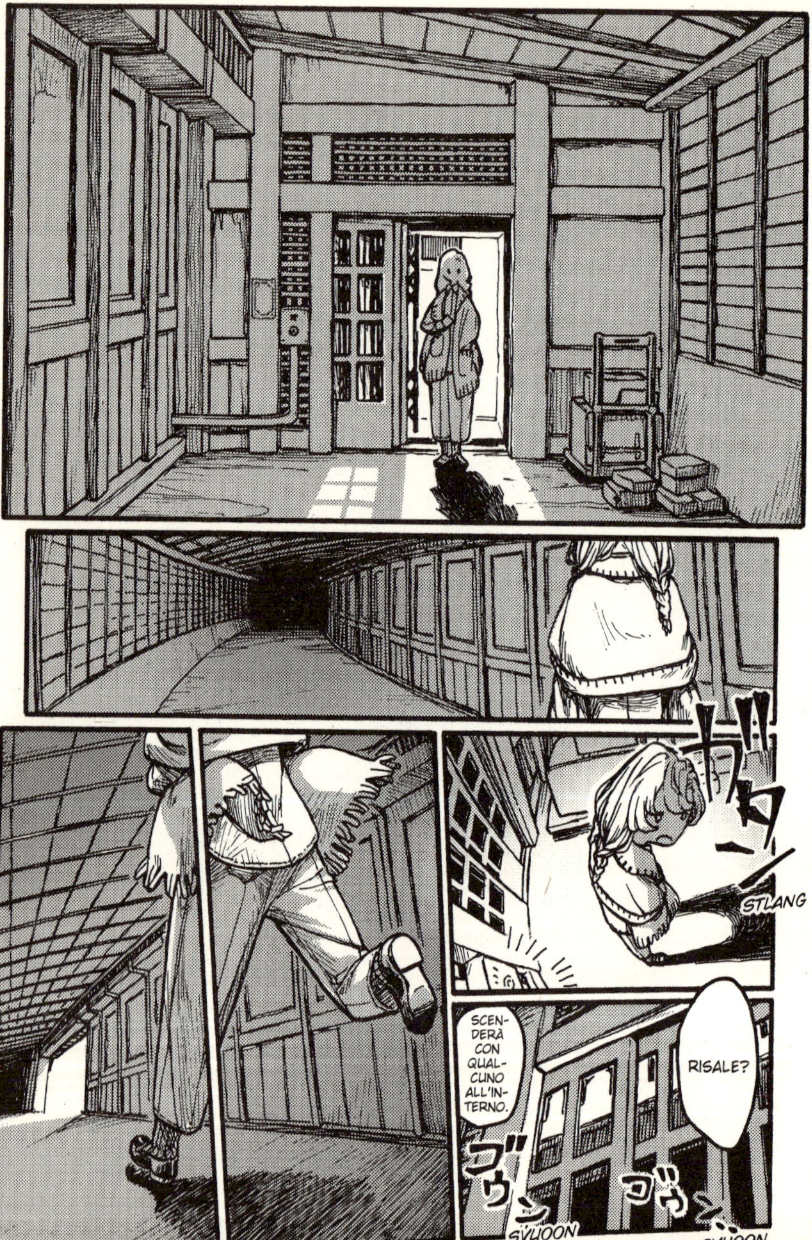
STLANG
RISALE?
SCENDERÀ CON QUALCUNO ALL'INTERNO.
SVUOON
SVUOON

!
UN ASCENSORE?
PUÒ SOLO SCENDERE!
E CHI SE NE FREGA!
STLANG
SVUOON
SVUOON
TLIN

...
GRAB
EHM, TI SERVE AL...
!
GLOMP
...
ZUN ZUN ZUN
LA... LASCIA-MI!
SWISH
FERMATI!
QUAL-CUNO...
TAP

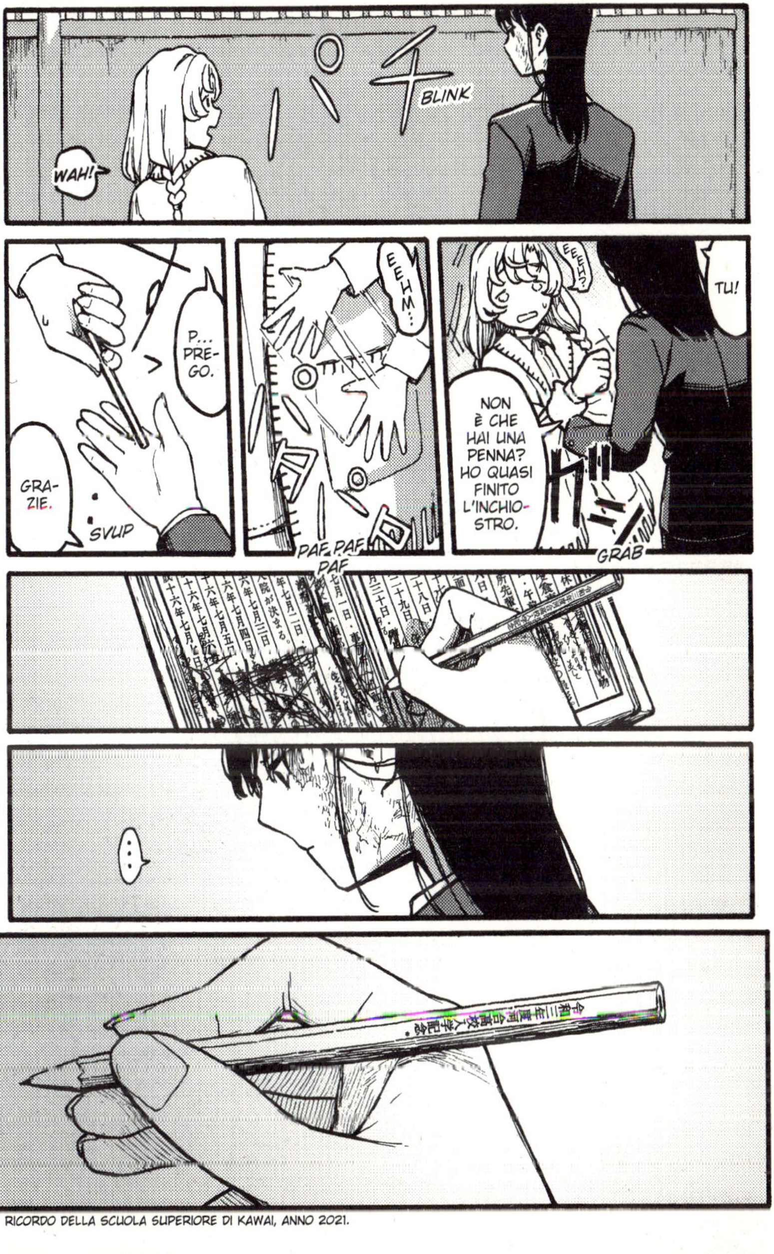

* RICORDO DELLA SCUOLA SUPERIORE DI KAWAI, ANNO 2021.

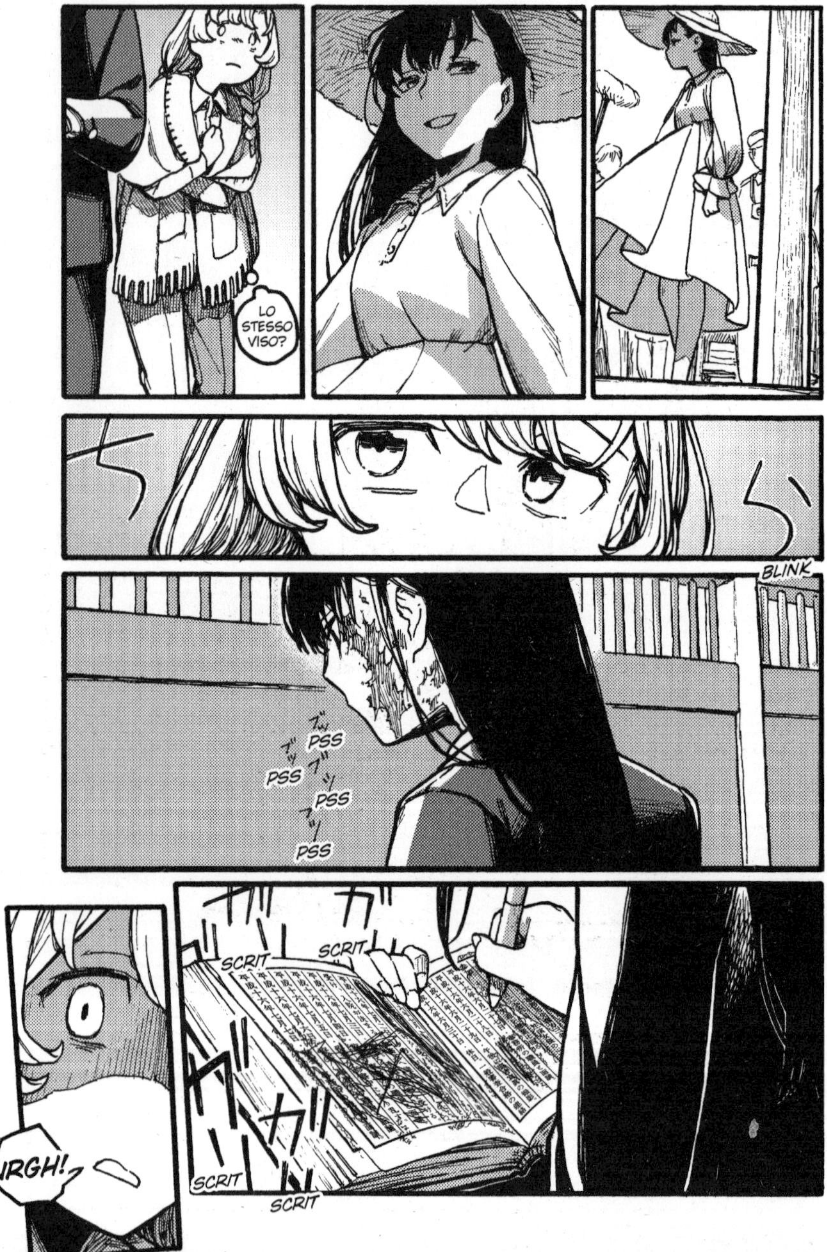
LO STESSO VISO?
BLINK
PSS
PSS
PSS
PSS
SCRIT
SCRIT
SCRIT
SCRIT
URGH!

UNA PERSONA...
CHE FACCIO? NON CI SONO ALTRE VIE...
NON MI RIMANE CHE PASSARLE DIETRO...
... APPROFITTANDO DEL FATTO CHE È RIVOLTA DALL'ALTRA PARTE.
STRUSH
STRUSH

?
OOH!
SI INTRAVEDE L'ESTERNO!
MAGARI CI SONO ALTRE USCITE.

SBAAM
ずりずり..
STRUSH STRUSH
BE-NE!
MI PARE CHE NON CI SIA NESSUNO.
NON VOGLIO RIPER-CORRERE LA STRA-DA DI PRIMA.

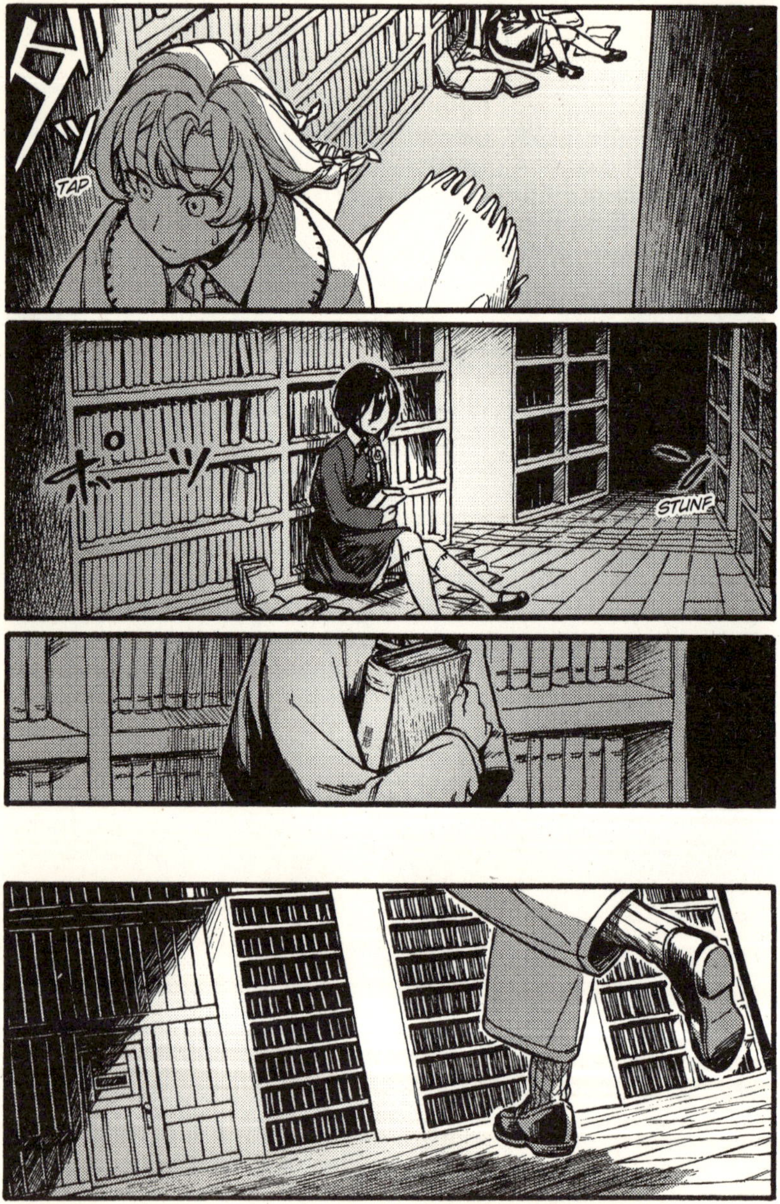
ダッ
TAP
STUNF
ポーッ

NON DEVI LEGGERE OLTRE!
URGH!
SBAAM
AH...
STUNF
STUNF
STUNF
!
TLACK
TLACK
TLACK

B 31 MARZO 2019: ... LO PASSO LEGGENDO, NEL POMERIGGIO CON UNA COMPAGNA DI SCUOLA...
1 APRILE 2019: PRENDO PARTE ALLA CERIMONIA DI INIZIO DELLA SCUOLA MEDIA DI KAWAI. LEZIONI PER METÀ GIORNATA, MENTRE RIENTRO A CASA MI FERMO A COMPRARE QUALCOSA DA MANGIARE.

A ... PREPARATIVI PER LA CERIMONIA DI INIZIO ANNO CON LA MAMMA... 1 APRILE 2013: INIZIO DELLA SCUOLA ELEMENTARE DI KAWAI. LEZIONI SOLO PER METÀ GIORNATA, POI RIENTRO A CASA. PRANZO A CASA DEI NONNI.

C 5 APRILE 2021: SCUOLA SUPERIORE DI KAWAI... DOPO LA SCUOLA CENO FUORI CON MIA MADRE, MIO PADRE E MIA SORELLA. 6 APRILE 2021: GIORNO DI SCUOLA...

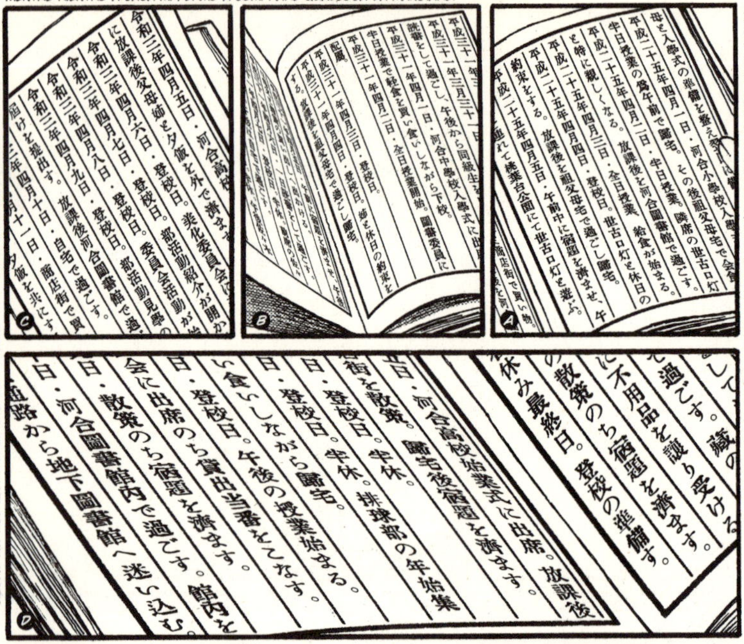

D GIORNO DI SCUOLA. INIZIO DELLE LEZIONI POMERIDIANE...
NELLA BIBLIOTECA DI KAWAI... MI SONO PERSA NEI SOTTERRANEI...

1 FUMIYO YAKATA 2 IKUYO YAKATA 3 FUMINORI YAKATA 4 FUMITAKA YAKATA 5 CHIEKO YAKATA 6 FUMIKAZU YAKATA 7 HIROYASU YAKATA 8 AKIMITSU YAKATA 9 HIROSHI YAKATA.

TUT-TE...
... QUE-STE?
MA A CHE SERVI-RANNO?
SPAAF
SVUP
STA' A VEDERE CHE MAGARI C'È PURE LA MIA.
MA CO-M'È...
TAP TAP TAP

ふぅ…
FUUUH
NON CI POSSO CREDERE...
NONOSTANTE LA CORSA, SONO ANCORA A METÀ DELL'ALFABETO...
IN QUELLA STANZA STAVANO FACENDO QUESTI LIBRI.
マージ
...
DEI DIARI? DELLE CRONOLOGIE...?

OPS!
STUNK
SBAM
...
...TONF
STOTO TOON...
URGH...

ZUOORSH
MA CHE ROBA È?
QUESTO NON È CERTO UN POSTO NORMALE.
DEVO ANDARMENE...

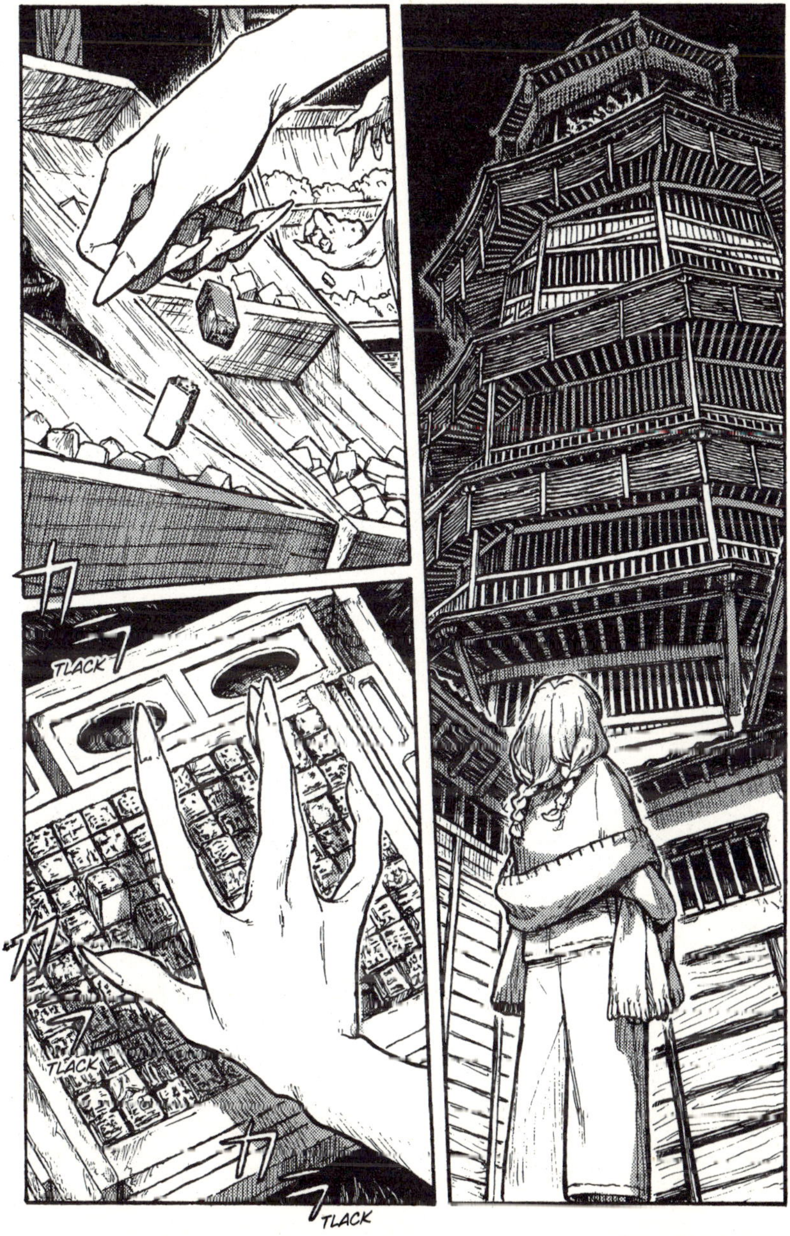
TLACK
TLACK
TLACK

SE-GUIMI.
...

BAH... PRIMA O POI L'ERRORE VERRÀ A GALLA.
TLOCK
TLOCK
APPENA INCONTRO QUALCUN ALTRO MI SCUSO E ME NE VADO.
TLOCK
CERTO CHE PERÒ...
C'È UNA QUANTITÀ DI VOLUMI INCREDIBILE.
E TUTTI CON IL SOLO NOME.
UNA RACCOLTA DI BIOGRAFIE?

MI SCUSI TANTO! MI ERA CADUTA UNA COSA E...
STAVO GIUSTO PER ANDARMENE...
SVUP
BLIN
MA SEI UNA NUOVA?
CERTO CHE NE È PASSATO DI TEMPO.
SEGUIMI.
FORSE MI HA SCAMBIATO PER UN'IMPIEGATA PART-TIME?
EHM...
GUARDI CHE FORSE MI HA PRESO PER UN'ALTRA...
IO...
PIANTALA CON LE LAGNE!
UMPF
MI HAI GIÀ FATTO PERDERE ABBASTANZA TEMPO E NON VOGLIO CERTO SPRECARNE ALTRO.
UMPF
...

MA...
OGNUNO HA PER TITOLO SOLO UN NOME?
CHE STAI FACENDO QUI?
GLOMP

IL VENTO?
EPPURE MI SEMBRAVA CHE LE FINESTRE FOSSERO CHIUSE.
CHE ROBA!
SHH
CHE SIA LA SALA PER I DOCUMENTI?
SHH
BLINK BLINK
DEI LIBRI RILEGATI A MANO? E TUTTI CON COPERTINE IN TESSUTO...

WAAAH...
SHH
SHH
KEO
GNEE...
!
GNEEEK

DELLE SCA-LE?
CHE COSA CI FANNO QUI?
FORSE NON DOVREI ENTRARE SENZA DIRE NULLA A NESSUNO.
PER-MES-SO...
PRENDO SOLO LA GOMMA CHE MI È CADUTA E POI ME NE VADO SUBITO.

* VOLUME PUBBLICATO DA YURI NOMURA SULLA STORIA DELLA RILEGATORIA, CON PARTICOLARE RIFERIMENTO ALLA FRANCIA, N.D.T. ** TITOLO DI UN VOLUME DI ULRICH HORSTMANN, SCRITTORE E FILOSOFO TEDESCO NARRATORE DI UN PESSIMISMO E NICHILISMO ESTREMI, N.D.T.

CHOME
ちょめ

LA BIBLIOTECA SOTTERRANEA

地下図書館

PRE-GO, ACCO-MODA-TI...
FINE

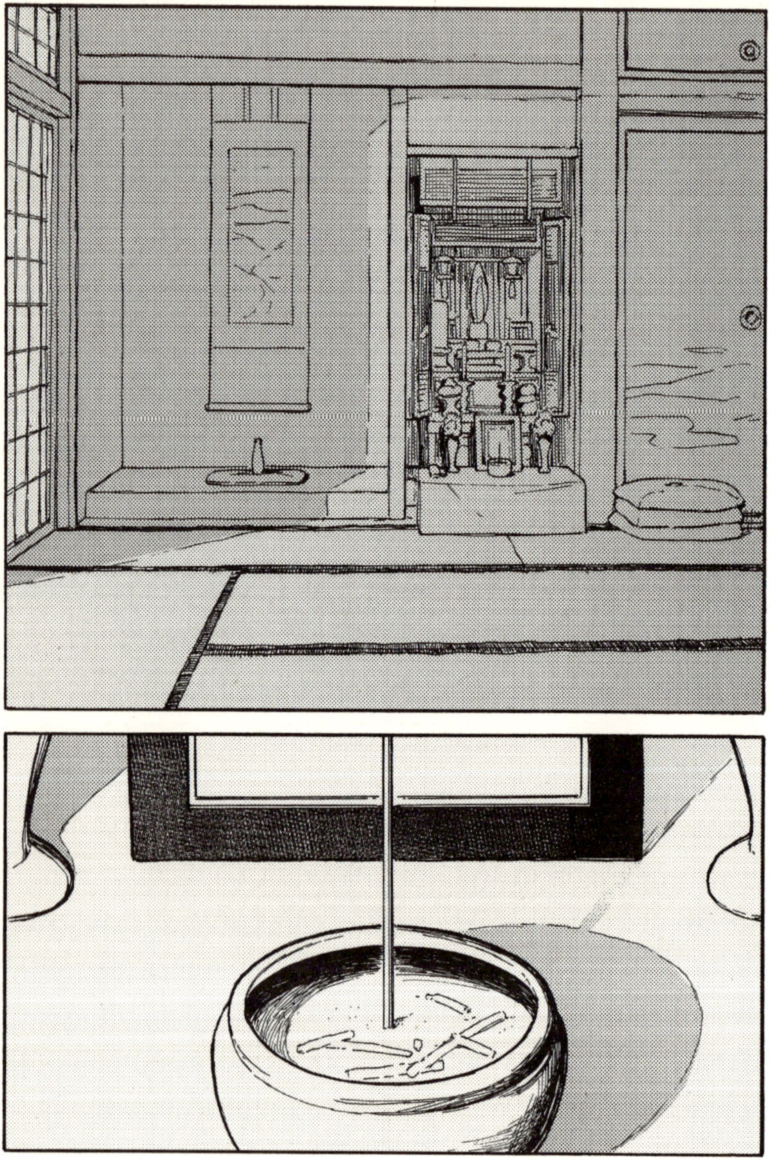

PLITCH
PLITCH
PLITCH
SHAAA

* TOMBA DELLA FAMIGLIA HANAYAGI.

山武左霊園
Yamabuza Cemetery
見附家山
方面
Mihuke

POSSIBILE CHE SIA COSÌ LEGGERA?

PUAH!
ZUMP
CAVOLO, NON LI AVRÒ MICA SCHIACCIATI?!
SONO INTAT-TI...

ZOOOM
WOW!
WAAAH!
IL VENTO MI SPINGE IN MODO INCREDI-BILE...
CAVOLACCI, DEVO TORNARE COM'ERO!
FIUUN FIUUN FIUUN
STUUNF

MI RIMPICCIOLISCO UN'ALTRA VOLTA?
NO, NON È DETTO CHE CON UN CORPO DI BAMBINO POSSA NUOTARE.
パチ
BLINK
RIMPICCIOLIRMI?
むくり
SVUP
E SE INVECE MI INGRANDISSI?
FINO A RAGGIUNGERE CON LE MANI LA CIMA DI QUEL DIRUPO.
DOVREI IMMAGINARE DI GONFIARMI...
... COME SI FA COI PALLONCINI.
むむむ
UUHM...
INGRANDISCITI!

NON AFFOGO MA NON RIESCO NEMMENO A NUOTARE.
NON POSSO FARE NULLA.

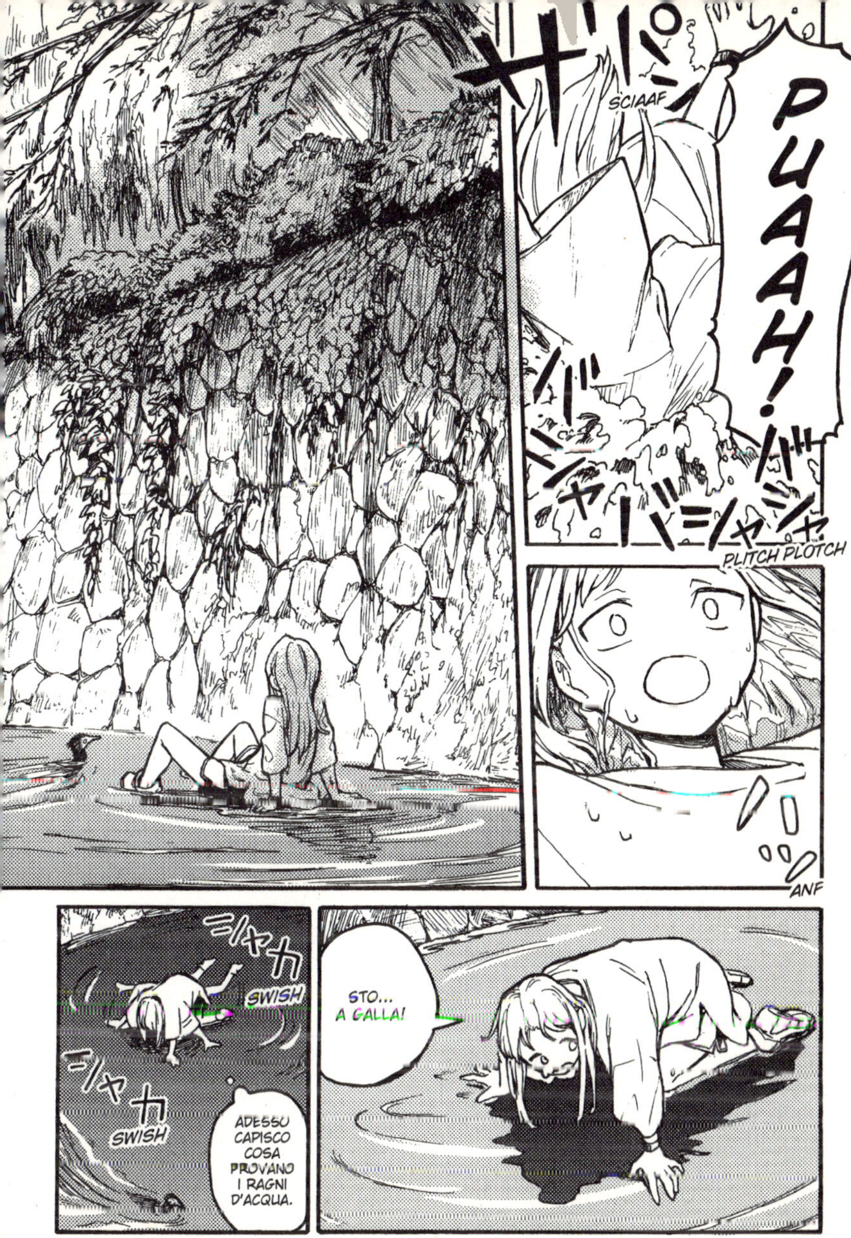
PUAAAH!
SCIAAF
PLITCH PLOTCH
ANF
STO... A GALLA!
SWISH
SWISH
ADESSO CAPISCO COSA PROVANO I RAGNI D'ACQUA.

OOOH!
OPS...
FIUUUW
ARRIVATA SIN QUI...
NON POSSO MICA TORNARE INDIETRO...

* ULTIMA FERMATA. DIRETTO AL DEPOSITO.

* ALTEZZA MASSIMA: 0,9 METRI.

TATLAN
TATLAN
ARRIVA!
TATLAN
TATLAN
ZOMP
GRAB
TATLAN

RIMPICCIO-LISCITI... RIDUCITI... COMPRI-MITI...
RIN-GIO-VANI-SCI?
UUURGH
WOW!
RINGIOVANIRE È UN CLASSICO DI CHI MUORE.
ANCHE SE DI SOLITO RIGUARDA VECCHI O VEC-CHIE
OOH!
WAAAAH!
VUUM
FIUUU
AHI...
SBONK
NO...
SVUP

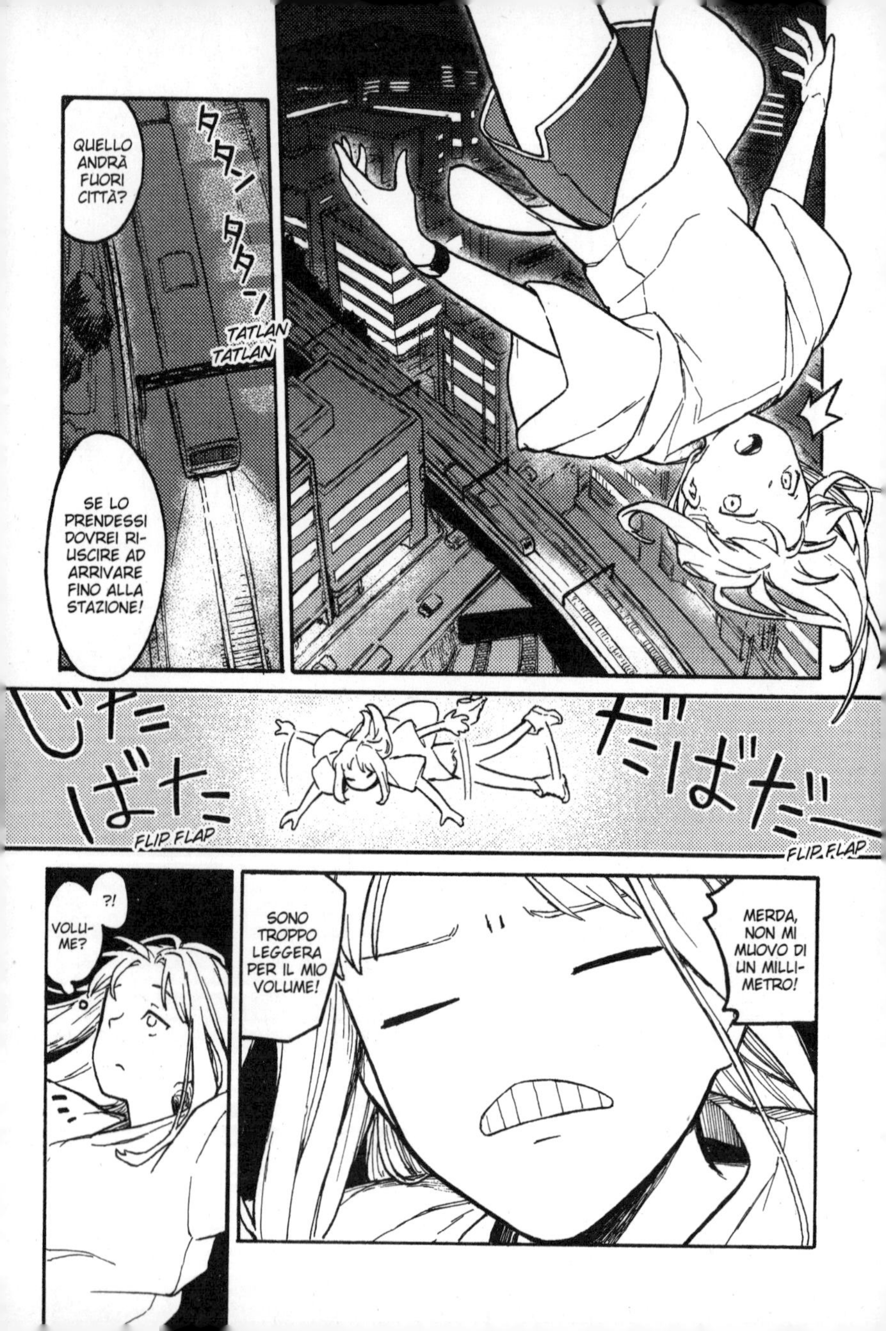

タタン タタン
TATLAN TATLAN
QUELLO ANDRÀ FUORI CITTÀ?
SE LO PRENDESSI DOVREI RIUSCIRE AD ARRIVARE FINO ALLA STAZIONE!
だばだー
FLIP FLAP
じたばた
FLIP FLAP
MERDA, NON MI MUOVO DI UN MILLIMETRO!
SONO TROPPO LEGGERA PER IL MIO VOLUME!
?!
VOLUME?

SVUN
SVUN
WINK
ZUNK
STUNF
......
CRASH
OUCH
KYAAAAH!
GUARGH
FUUS
BOOIN

SCUSATE IL DISTURBO.
OUCH!
SPOK
WAAH!
STUNFT
IL CORPO È TALMENTE LEGGERO CHE VENGO SPINTONATA OVUNQUE.
SVUN
SVUN
NON C'È ABBASTANZA SPAZIO PER ENTRAMBI.
BLUBK
BLINK

PER PRIMA COSA... ANDRÒ ALLA TOMBA DOVE DOVREBBERO SEPPELLIRMI.
TAP
TAP
MI SA CHE SARÀ QUELLA DI PAPÀ...
CHISSÀ SE CON QUESTO CORPO RIESCO A PRENDERE IL TRENO.
WAAH!
OUUF
SOPRA AI TETTI DEGLI EDIFICI IL VENTO È TALMENTE FORTE CHE RISCHIA DI PORTARMI VIA.
UH, UH, UH!

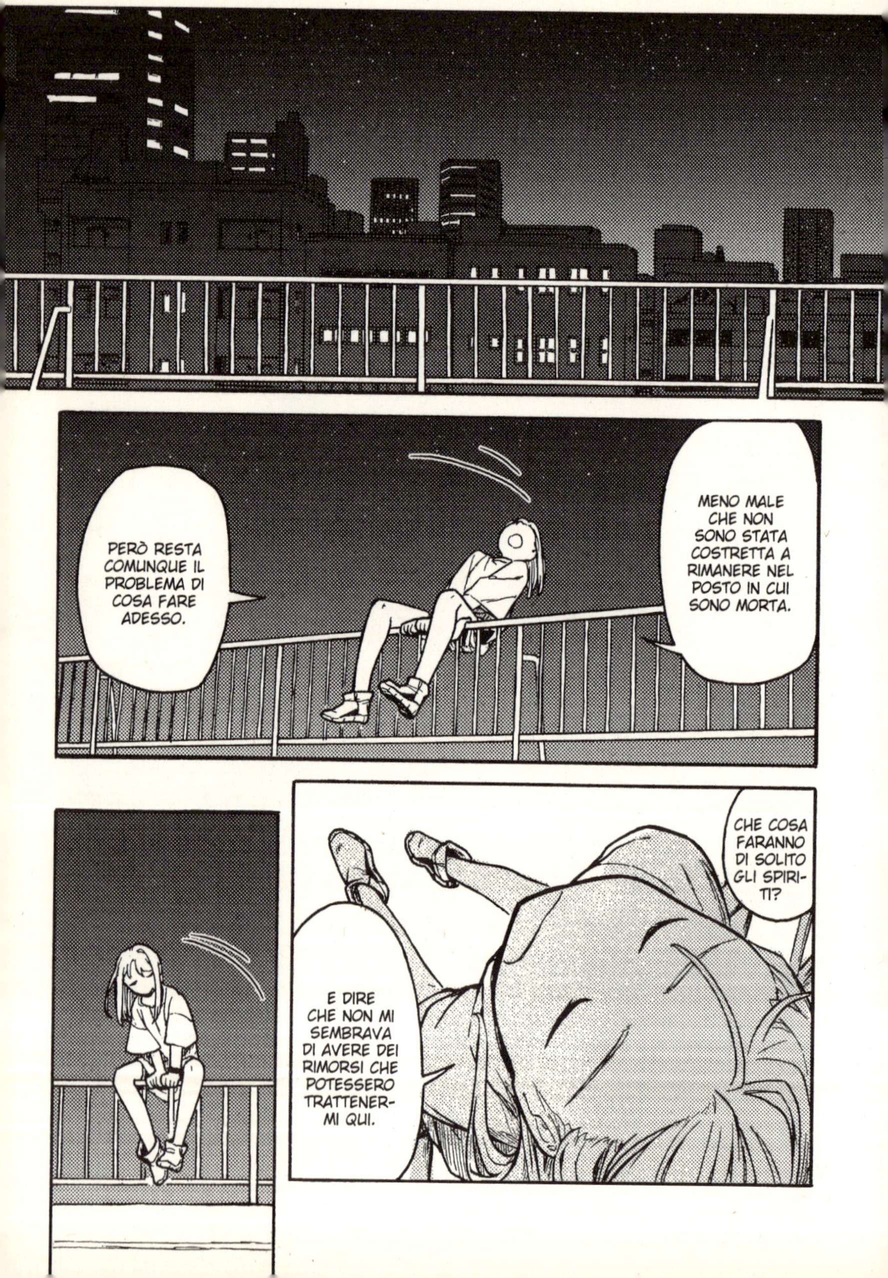
MENO MALE CHE NON SONO STATA COSTRETTA A RIMANERE NEL POSTO IN CUI SONO MORTA.
PERÒ RESTA COMUNQUE IL PROBLEMA DI COSA FARE ADESSO.
CHE COSA FARANNO DI SOLITO GLI SPIRI-TI?
E DIRE CHE NON MI SEMBRAVA DI AVERE DEI RIMORSI CHE POTESSERO TRATTENER-MI QUI.

CHE IO SIA UNO SPIRITO CHE NON ACCET-TA LA PROPRIA MORTE?
MA... GLI SPIRITI HANNO I PIEDI?

GRAB
ガシ

UAH, AH, AH!

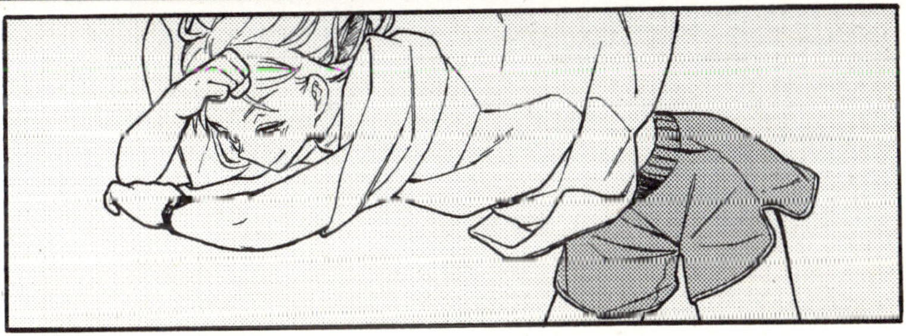

E...
HOP!
SVUURL

AH, AH!

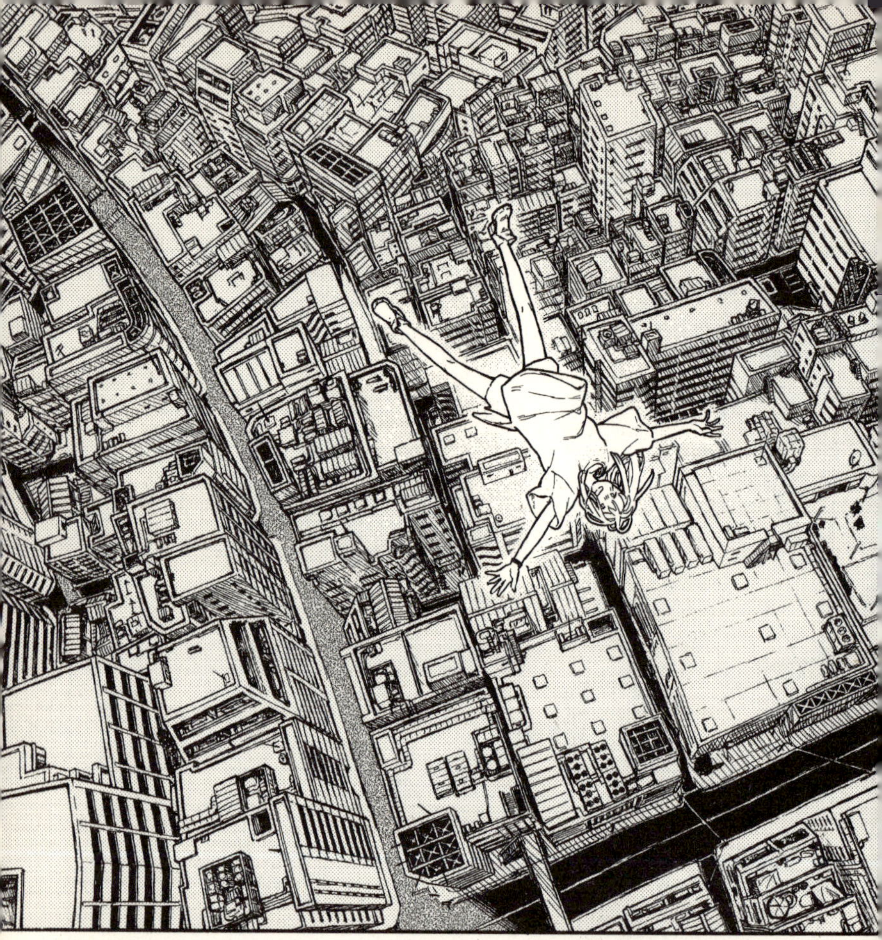
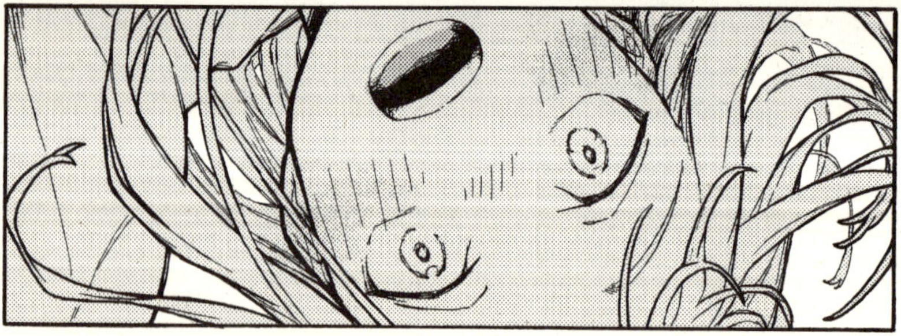

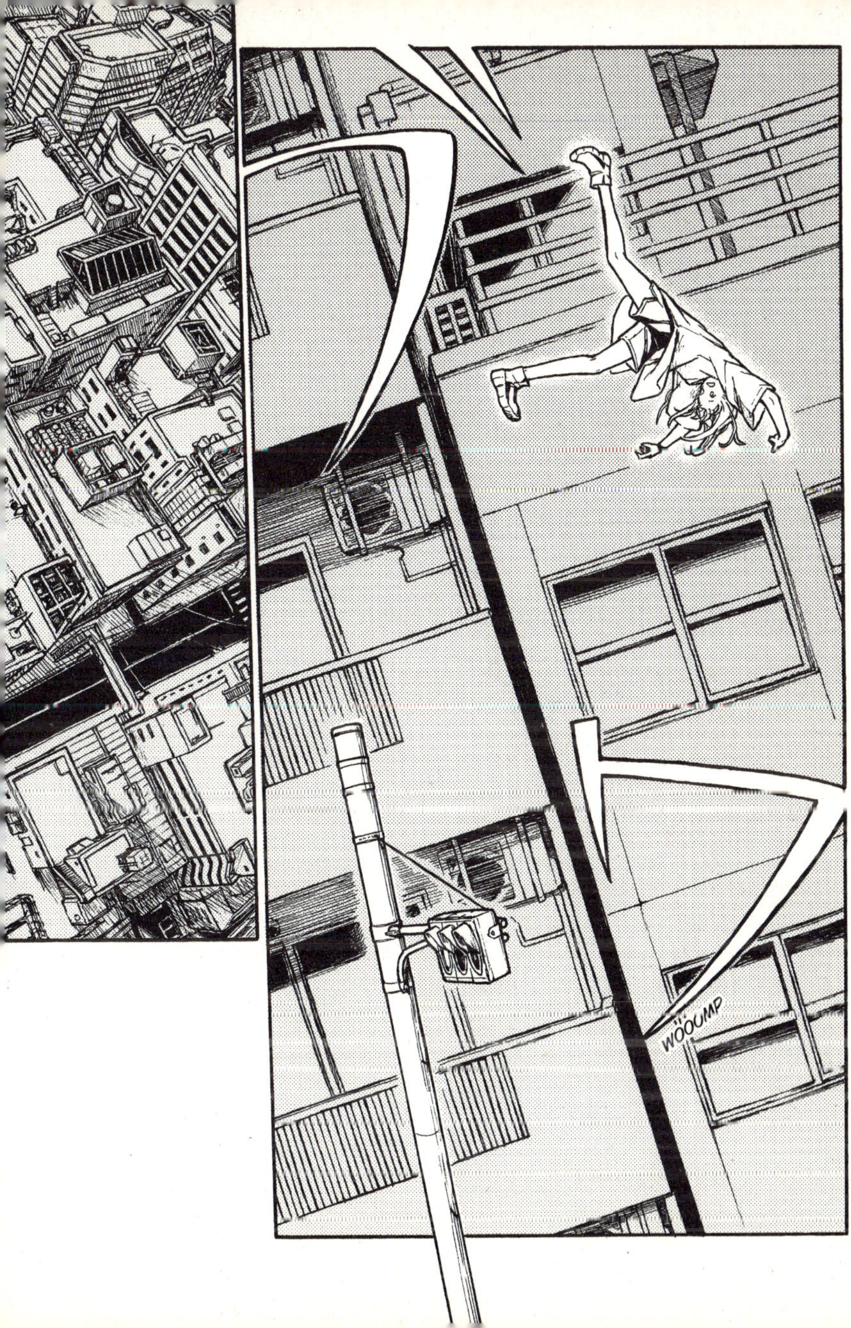
WOOUMP

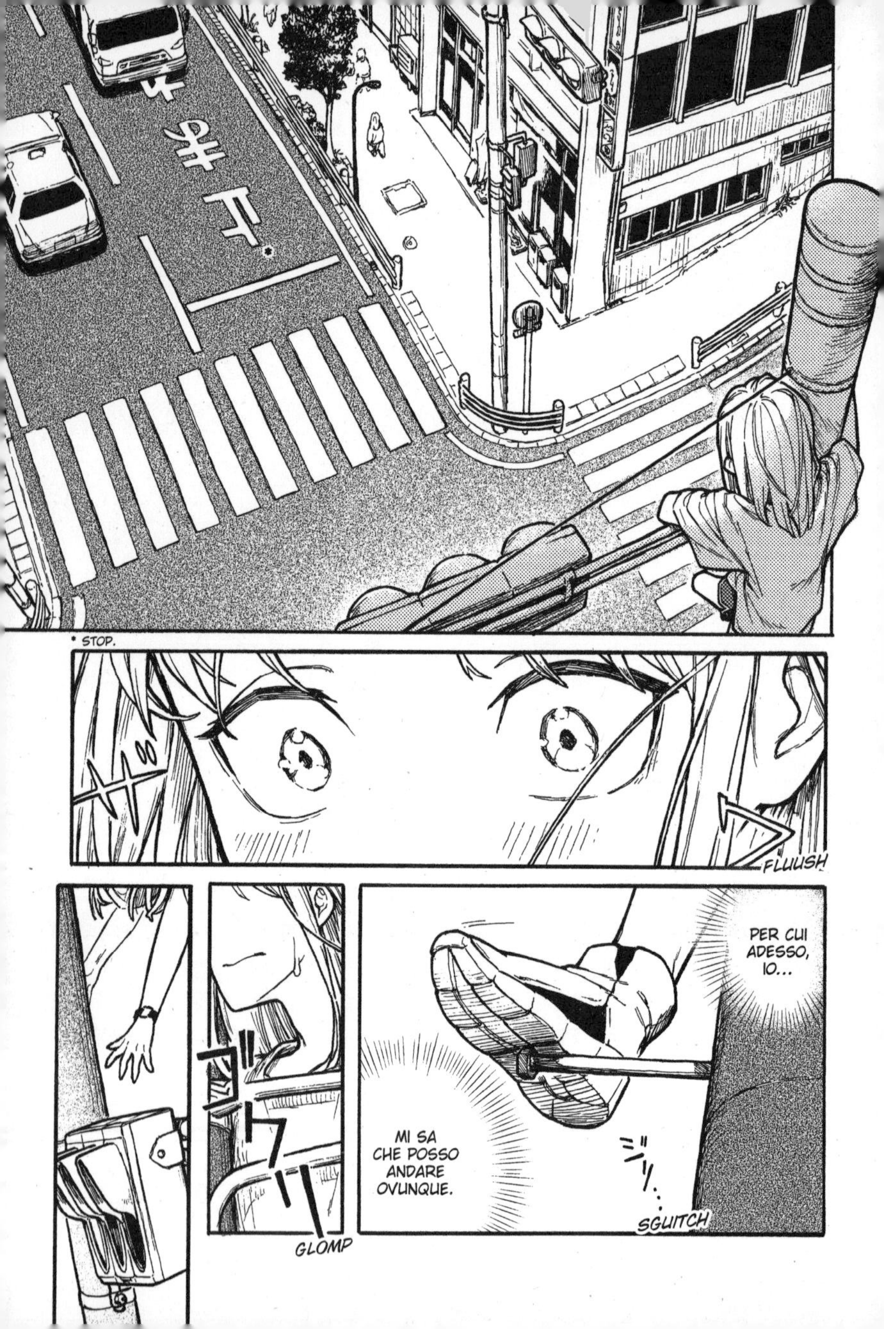

* STOP.
FLUUSH
PER CUI
ADESSO,
IO...
MI SA
CHE POSSO
ANDARE
OVUNQUE.
SGUITCH
GLOMP

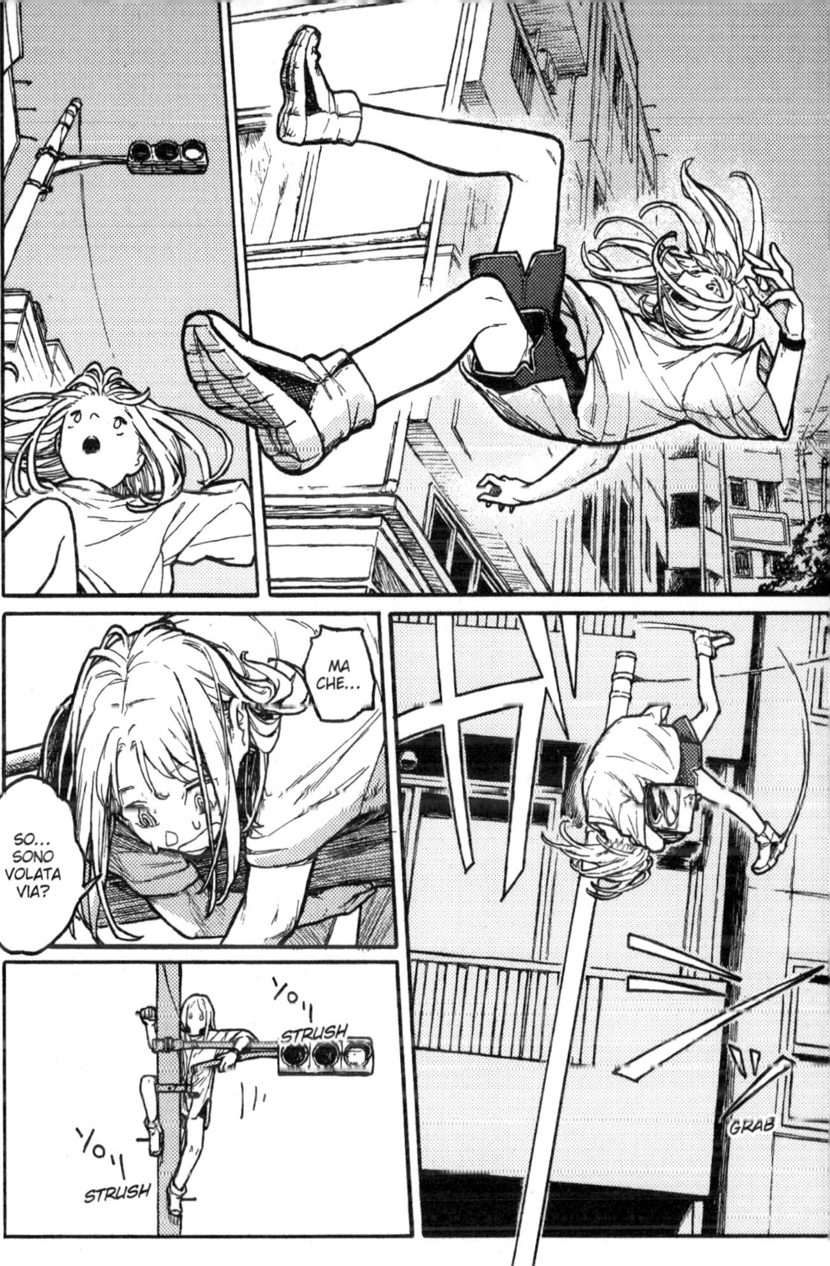
MA CHE...
SO... SONO VOLATA VIA?
GRAB
STRUSH
STRUSH

E...
O...
OPS...
IL CORPO È INCREDIBILMENTE LEGGERO.
CHE SIA UNA CARATTERISTICA DEGLI SPIRITI?
SVUP SVUP
DEVO ABITUARMI A QUESTO CORPO SPIRITATO...
SVUOOOSH

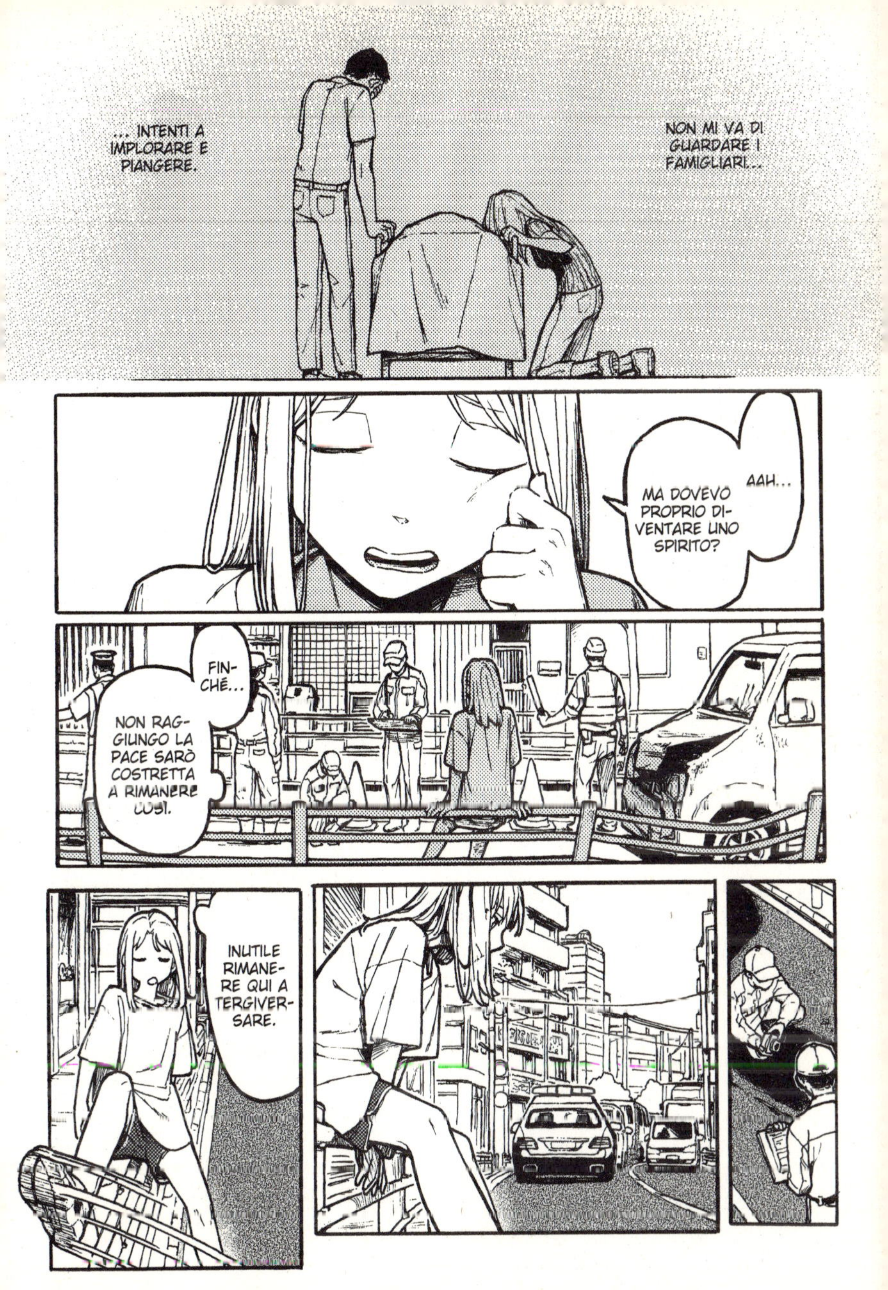
NON MI VA DI GUARDARE I FAMIGLIARI...
... INTENTI A IMPLORARE E PIANGERE.
AAH...
MA DOVEVO PROPRIO DI-VENTARE UNO SPIRITO?
FIN-CHÉ...
NON RAG-GIUNGO LA PACE SARÒ COSTRETTA A RIMANERE COSÌ.
INUTILE RIMANE-RE QUI A TERGIVER-SARE.

ETÀ ALLA MORTE: 27 ANNI...
WAH!
NON MI VEDONO.
ヒラ FUIP
ヒラ FUIP
SONO DIVENTATA UN PO' TRASPARENTE...
E ADESSO CHE COSA POSSO FARE?
よいせ HOP...

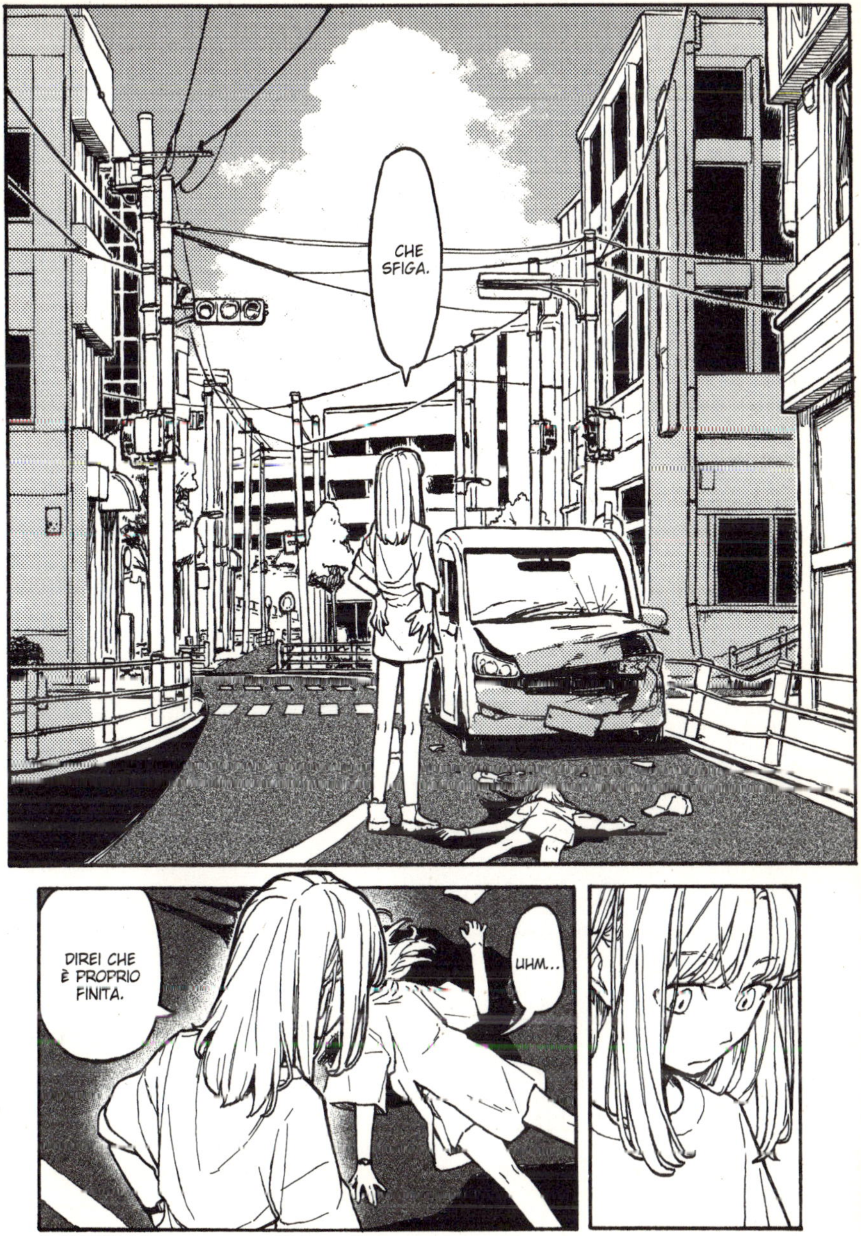
CHE SFIGA.
UHM...
DIREI CHE È PROPRIO FINITA.

ウー
NIINO NIINO
ウー
POLICE
AAAHN

CHOME
ちょめ

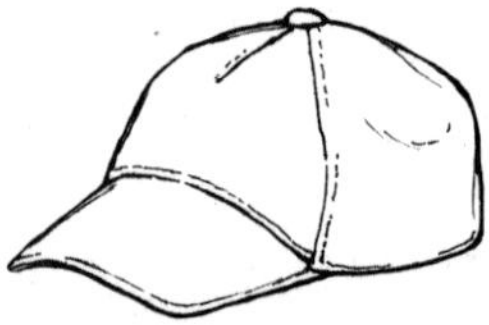

21 GIORNI

21gの冒険

INTRODUZIONE

イントロ

Sogno o Realtà?

di Davide Castellazzi

I racconti di questa raccolta si trovano quasi tutti in bilico tra sogno e realtà, reale e immaginario, concreto ed etereo. Chome, come un'equilibrista circense, cammina su quel filo sottile che separa la verità dall'illusione e a quanto pare ci si trova a proprio agio. Ma se le sue storie sono frutto di fantasia, raccontando eventi che sfociano nel fantastico, nell'impossibile, i suoi disegni sono estremamente concreti, le sue architetture fortemente realistiche, le sue prospettive perfettamente credibili.

Chome tratteggia un Giappone, sia urbano sia bucolico, plausibile, preciso, tangibile. Sembra quasi di esserci in quei luoghi tanto lontani per distanza fisica e culturale. Ciò, ovviamente, aiuta a rendere più credibili anche gli aspetti fantastici della narrazione. Lasciatevi trasportare da questi sogni, o incubi, su carta per vivere esperienze che non vi sarebbero consentite nella realtà. Dopotutto, questa è la forza dei sogni e dei manga.

LA BIBLIOTECA SOTTERRANEA

地下図書館

SOMMARIO

もくじ

地下図書館
LA BIBLIOTECA SOTTERRANEA

Autrice: Chome

EDIZIONE ITALIANA
Direttore Editoriale: Davide Castellazzi
Traduzione: Roberto Pesci
Impaginazione e lettering: Marco Guerra
Cover design: Marco Guerra
Illustrazione di copertina: Chome

STAMPA
Grafiche Stella S.R.L. - Via Antonio Meucci, 12, 37045 Legnago (VR)

TOSHOKAN

TOSHOKAN è un marchio di If Edizioni srl
Iscrizione al ROC n. 39251 del 23/03/2023

Sede legale
Via Bolognese, 165 - 50139 Firenze

Sede operativa
Via Privata Passo Pordoi, 10 - 20139 Milano

Contatti
Tel. 02 4953 3230
Email: info@toshokan.it
www.toshokan.it
@toshokanit

ISBN 9788852400193

CHOME
ちょめ

LA BIBLIOTECA SOTTERRANEA
E ALTRI RACCONTI

地下図書館

TOSHOKAN